밀로의 비너스가 전학 왔다!

발랑틴 고비 글 김현아 옮김

밀로의 비너스가 전학 왔다!

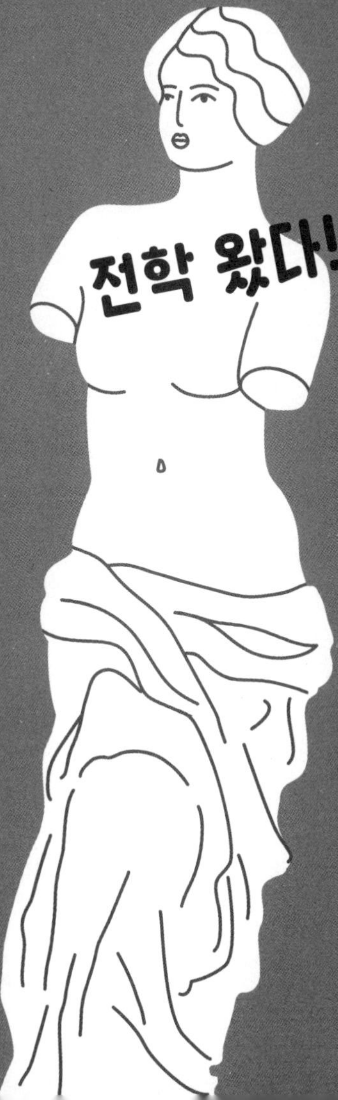

발랑틴 고비 글

김현아 옮김

한울림스페셜

차례

일러두기

- 본문의 각주는 옮긴이가 독자의 이해를 돕기 위해 쓴 것이다.

전학은 귀찮고 피곤해

두 아이가 있다. 둘은 대도시의 같은 동네에 살며, 집은 세 블록 떨어져 있다. 한 명은 알리스라는 남자아이인데, 나이는 열네 살이고, 곧 열다섯 살이 된다. 다른 한 명은 카미유 베르티에라는 여자아이로, 나이는 열두 살 반이다. 지금은 두 아이가 서로 모르는 사이다. 빵집이나 버스 정류장에서조차 한 번도 마주친 적이 없다. 하지만 곧 만나게 될 것이다. 작가인 내가 내일 두 아이를 만나게 하자고 마음먹었다. 그 장면을 생각하니 벌써부터 은근히 설렌다.

물론 알리스와 카미유가 내 계획을 알 리 없다. 두 아이는 모두 카카오가 점점이 박혀 있는 버터 빵을 아주 좋아한다. 300미터 떨어진 곳에 사는 두 아이는 정확히 오후 4시 30분에 부엌에 있는 식탁에 앉아 빵을 먹어 치웠다. 이제 알리스와 카미유의 집 창문으로 똑같이 황혼이 찾아든다. 독자 여러분은 지금 알리스가 사는 아멜로 거리의 건물 1층에 전기스탠드가 켜지고, 카미유가 사는 쥐이에 14번지 거리의 붉은 벽돌집 5층 창유리 너머로 화려한 색깔의 장식이 반짝이는 것을 보고 있다.

두 아이는 거의 동시에 하품을 한다. 지금은 겨울이고, 바깥은 깜깜하다. 기름지고 설탕이 가득 든 음식을 잔뜩 먹어서 배가 부른 데다가, 라디에이터에서 나오는 열기까지 더해져 온몸이 나른하다. 둘 다 얼른 이불 속으로 들어가 눕고 싶은 마음이 간절하다. 그것 말고는 얼핏 두 아이 사이에 비슷한 구석이라고는 없어 보인다.

쥐이에 14번지에 사는 카미유는 음악을 크게 틀어 놓고 다음 날 입을 옷을 고르고 있었다. 내일은 카미유가 중학교 1학년에 올라와서 두 번째로 맞는 입학식인 셈이다. 그것도 낯선 도시, 낯선 아파트, 낯선 학교에서 맞는 입학식…. 중학교 1학년이 되는 인생의 큰 행사는 지난 9월에 이미 치렀다. 그런데 겨우 중학교 생활에 익숙해질 무렵인 10월, 엄마가 돌연 이사를 하겠다고 선언했다.

엄마는 오래전부터 지루하고 답답한 사무실 생활을 청산하고 새로운 삶을 살고 싶어 했다. 사무실에 있으면 자신이 초록색 식물로 변해 버릴 것만 같은 느낌이 든다고 했다. "얘들아, 이러다가 내 몸에서 뿌리가 자라고 머리 위로 가지가 뻗어 나갈 것 같아. 너희는 엄마가 무화과나무가 되면 좋겠니? 그렇게 되기를 바라지는 않지?" 엄마는 공부를 시작했고, 마흔 살에 서점 주인이 되고 싶다고 했다. 엄마가 말했다. "종이를 먹고 책을 먹어 치우면서 온종일 책과 함께 보내고 싶어."

엄마는 마침내 원래 살던 파르제볼에서 500킬로미터나 떨어진 곳에 서점을 차렸다. 하지만 카미유와 동생 사라는 하나도 기쁘지 않았다. 1월에 이사를 했는데, 그날 사라는 눈물을 흘렸다. 파르제볼의 친구들, 무용 선생님, 공원의 커다란 보리수, 벽지가 연보라색인 자기 방을 정말로 좋아했던 것이다. 자기네 소유의 집이 생긴다는 말도 전혀 위로가 되지 않았다.

파르제볼의 작은 마을은 카미유와 사라에게 세상의 전부였다. 강둑에 있는 아스팔트 비탈은 인라인스케이트를 타기에 그만이었다. 또 둘은 날 때부터 쭉 파르제볼에 있는 작은 집에서 자랐다. 이곳 말고 다른 곳에서 산다는 건 꿈에도 생각해 보지 않았다. 무엇보다 친구들과 헤어지는 것이 가장 슬펐다. 유치원 때부터 사귄 친구들이었다. 파르제볼에서는 마을 사람이 모두 한 식구나 다름없었고, 그래서 참 좋았다. 하지만 엄마는 "너희는 붙임성이 좋아서 금세 친구를 사귈 거야."라고 말했다. 아무 것도 없는 데서 다시 시작해야 하는데 말이다.

야옹이가 카미유의 다리 사이로 슬그머니 끼어들었다. 카미유는 여전히 거울 앞에 서 있었다. 발 앞에는 옷이 한 무더기 쌓여 있었다. 야옹이도 이사로 이만저만 난처해진 게 아니었다. 정원으로 나가는 고양이 출입구를 찾을 수가 없었다. 그래서 야옹야옹 울음소리를 내며 이 방 저 방을 헤매고 돌아다니는 중이었다.

'빨간 셔츠를 입을까? 초록색 티셔츠는 어떨까? 보라색

후드 스웨터가 나을까?' 야옹이가 카미유의 장딴지에 제 몸을 비벼 댔다. '오, 저리 가, 야옹아. 시간이 없단 말이야.'

내일 학교에 가면 쉰 개의 눈동자가 서치라이트처럼 일제히 카미유를 향할 것이다. 머리끝에서 발끝까지 샅샅이 훑어볼 것이 분명하다. 파르제볼에서는 서로 다 아는 사이여서 카미유를 특별히 눈여겨보는 사람이 없었다. 카미유는 그냥 마을의 익숙한 풍경일 뿐이었다. 하지만 내일 새 학교에서는 카미유가 외계인이나 다름없을 것이다. 사실 카미유 같은 사람은 평생 두 번 보기 어려울 것이다.

게다가 카미유가 전학 가는 반은 내일 루브르 박물관에 견학을 간다고 했다. 루브르가 세상에서 가장 큰 박물관이라는데, 카미유는 루브르에 대해서 아는 게 전혀 없었다. 다음 날 겪을 모든 일이 무서웠다. 그나마 다행인 것은 내일이 수요일이어서 수업을 일찍 마친다는 것이었다.

카미유가 불안해하든 말든 관심도 없다는 듯, 야옹이가 옷 더미 위에 누워서 갸릉갸릉 소리를 냈다. 카미유는 한숨을 푹 쉬고는 입술을 잘근잘근 깨물었다. 스트레스를 받을 때마다 하는 버릇이었다. 그 자세로 거울 앞에 꼼짝 않고 서서 자기 모습을 바라보았다. ‘옷 색깔을 눈동자 색에 맞출까? 그렇다면 파란색 스웨터? 아니면 검은색 카디건? 바둑판무늬 원피스?’

카미유는 청바지에 노란색 윗옷을 입기로 결정했다. ‘나는 밝은 색이 잘 어울리니까.’ 그리고 자신이 가장 좋아하는 색이자, 여왕과 왕의 색인 황금색, 태양 같은 노란색 재킷을 골랐다.

그 시각, 아멜로 거리에 사는 알리스는 펜 뚜껑을 물어뜯고 있었다. 프랑스어 숙제를 해야 하는데 아무것도 떠오르지 않았다. 알리스네 반은 얼마 전 마르세유에 있는 학교의 한 반과 자매결연을 맺었다. 마르세유에 사는 학생들은 루브르 박물관을 보러 파리에 오기로 했고, 나중에 알리스네 반 아이들이 유럽지중해문명 박물관을 보러 마르세유에 가기로 되어 있었다. 내일은 알리스네 반 아이들 모두가 미리 루브르에 가 보기로 한 날이다. 마르세유 학생들이 오면 알리스네 반 아이들은 각자 자신이 고른 작품 하나를 마르세유 학생들에게 소개해야 한다. 또 그 전까지 두 학교의 아이들은 편지를 주고받기로 했다.

알리스는 한 번도 편지를 써 본 적이 없었다. 편지 쓰는 방법을 설명한 글에는 '나와 관련한 모든 것을 이야기하여 자신을 소개하세요. 외모, 성격, 가족, 하는 일, 좋아하는 것 등을 떠올려 보세요.'라고 나와 있었다.

'내 이름은 알리스 일디즈야. 나이는 열네 살이고, 곧 열다섯 살이 돼.' 잠시 후 알리스는 이렇게 쓰면 편지를 받게 될 릴리앙 프롤레라는 아이가 자신이 유급한 사실을 금세 알아차릴 것이라는 생각이 들었다. 그래서 '곧 열다섯 살이 된다.'는 문장을 지웠다. 자기소개를 할 때 나에 관한 모든 것을 이야기하라니, 그건 어림도 없는 일이었다.

먼저 외모부터 쓰기로 했다. '내 피부는 갈색이야.' 이건 맞지. '눈은 밤색이고.' 좋아. '신발 치수는 245이야.' 별걸 다 쓴다고 모두가 놀린다고 해도 상관없었다. 뭐 어때. 하지만 키 155센티미터에 몸무게가 73킬로그램이라는 건 절대 말할 수 없었다. 같은 학년의 날씬하고 민첩한 아이들이 자신을 금세 따라잡고 가 버리는 장면을 릴리앙 프롤레가 상상하는 일이 생기는 건 정말 싫었다. 모든 땀구멍에서 땀을 줄줄 흘리며 마치 에베레스트 등정이라도 하듯 숨을 헐떡이며 계단을 오르는 자기 모습을 상상하게 하고 싶지 않았다.

알리스는 버스를 타면 늘 맨 뒤에 있는 자리, 그러니까 팔걸이 없이 세 사람이 앉을 수 있는 자리에 앉았다. 농구나 축구를 할 때는 모든 아이가 알리스와 한 팀이 되는 걸 싫어했다. 체육 선생님은 알리스에게 물어보지도 않고 알리스를 단거리 경주나 뜀뛰기 운동에서 제외시켰다.

알리스는 구내식당에서 밥을 먹을 때 감히 더 달라고 말하지도 못했다. 그랬다가는 하마나 비곗덩어리 취급을 당하기 십상이었다. 알리스는 자신이 쪼그라들어서 없어져 버렸으면 좋겠다고 생각했다. 어떤 날은 자기 몸이 아예 보이지 않게 되면 좋겠다고 생각했다. 마법 학교에 간 해리포터처럼 작은 망토를 두르고 맘대로 사라질 수 있다면 얼마나 좋을까 상상했다.

이렇게 속마음을 들여다보면, 알리스는 열다섯 살이 되어 가는 꿈 많고, 착하고, 소심한 소년이었다. 하지만 사람들 눈에는 뚱뚱하고 못생긴 몸이 먼저 보였다. 알리스는 가장행렬 때 입은 옷을 벗어 던지듯, 자신의 뚱뚱한 몸을 벗어 던져 버리고 싶었다. 그 아래에 있는 진짜 자기 모습을 보여 주고 싶었다.

알리스가 키우는 털이 까만 강아지 조로가 방으로 뛰어 들어왔다. 그리고 알리스의 다리에 달라붙어 낑낑거리며 신발을 긁어 댔다. 알리스는 마구 헝클어진 조로의 머리털을 쓰다듬어 주면서 강아지가 자기 장딴지를 긁어 대도록 내버려 두었다. '너는 내가 뚱뚱하든 말랐든, 피부가 검든 희든, 덩치가 크든 작든, 얼굴이 잘생기든 못생기든 상관하지 않는구나. 하기야 너한테는 간식을 많이 주고, 공 던지기 놀이를 같이해 주는 게 훨씬 더 중요하겠지, 그렇지? 문제는… 사람들은 너 같지 않다는 거야.'

알리스는 다시 펜을 잡았다. 아멜로 거리에서 800킬로미터나 떨어진 곳에 사는, 사진으로도 자신을 본 적 없는 릴리앙 프롤레에게 자기 외모에 대해 자세한 설명은 쓰지 않기로 마음먹었다. 그러면 앞으로 몇 달 동안은 릴리앙 프롤레에게 여느 남자아이, '그렇게 뚱뚱하지 않은' 아이로 있을 수 있었다. 그 대신 선생님이 말씀하신 대로, 자신에 대해 자세히 설명하지 않은 편지로는 좋은 점수를 받을 수 없다. 스케이트로 단련된 식스팩을 자랑하는 자크, 발레를 해서 몸이 갈대처럼 날씬한 레나, 운동장의 플라타너스 가지에 걸린 공을 쉽게 갖고 내려올 만큼 몸이 유연한 압둘라 같은 아이들은 이런 편지도 기분 좋게 쓸 수 있으리라.

부모님이 일하는 옆방에서 희미하게 재봉틀 소리가 들렸다. 일하는 데 방해되지 않도록 작게 틀어 놓은 라디오 소리도 들렸다. 그리고 이 말소리도.

"오쿨다 이이 칼리말리생!"

알리스 부모님은 이 말을 거의 매일 되풀이했다. 터키어인데, 번역하자면 "학교에 가서 공부 열심히 해야 한다."라는 뜻이다.

터키에서 살다가 프랑스로 온 알리스 부모님은 학교를 오래 다니지 못했다. 어릴 때부터 일을 했다. 그래서 알리스와 알리스의 여동생 귈레이에게 거는 기대가 컸다. 알리스와 귈레이가 잘되기를 바랐다. 여기서 잘된다는 것은 상인이나 기술자, 특히 재봉사가 되지 않는 것을 의미한다.

참 난감한 노릇이었다. 바느질하고, 재단하고, 본을 뜨고, 주름을 잡고, 옷감의 가장자리를 감치는 일이 바로 알리스가 가장 좋아하는 일이기 때문이다. 책상에 앉아 이런 빌어먹을 편지를 쓰고 있는 것보다 옆방에서 치마 주름을 잡고 단춧구멍이나 셔츠 깃을 만드는 것이 훨씬 좋았다. 알리스는 학교 숙제를 다 했다고 거짓말하고 부모님이 옷을 만들 때 옆에서 허드렛일을 돕고 다림질을 하기도 했다. 아름다운 옷을 만들어 내는 일을 할 때는 행복했다.

알리스는 아기였을 때부터 재봉틀이 드르륵거리는 소리, 옷감이 구겨지고 펴지는 소리, 옷감을 펠트로 만드는 소리, 실감개가 돌아갔다 풀렸다 하는 소리, 가위가 딸그락거리는 소리를 자장가로 들으면서 자랐다. 엄마가 발 밑에 놓아둔 요람 안에서 면과 비단에서 나오는 먼지를 마시며 오래도록 잠을 자곤 했었다. 어린아이였을 때는 바늘이 청딱따구리 부리보다 더 빠르게 찔러 대는 재봉틀의 진동으로 테이블의 나무 다리까지 덜덜덜 떨리는데도, 그 아래에서 몸을 잔뜩 웅크리고 있곤 했었다.

알리스에게는 언젠가는 멋진 작업실을 갖고 싶다는 꿈이 있었다. 지금처럼 1층에 있는 어두운 가게가 아니라, 커다란 창이 있고, 재단 테이블을 갖춘 넓은 작업실이 있었으면 했다. 지금은 작업실이 밤에는 부모님의 침실이 되고, 낮에는 부엌과 식당이 되었다.

결국 알리스는 바느질이 취미라는 이야기도 편지에 쓰지 않기로 했다. 그런 이야기를 털어놓을 만큼 경솔하지 않았다. 선생님은 "너에 대해 자세히 알려 줘. 네가 좋아하는 것에 대해서 쓰렴."이라고 말했지만, 알리스는 자신이 어떻게 생겼는지, 뭘 좋아하는지에 관해서는 아무것도 솔직하게 말할 수 없었다.

'아, 이 편지는….' 게다가 알리스에게는 읽어야 하는 만화책이 있었다. 책상 위에 놓인 책꽂이에는 그동안 틈틈이 사 모은 《드래곤 왕국》 시리즈가 출간 순서대로 가지런히 정리되어 꽂혀 있었다. 크리스마스와 생일날 선물로 받은 책, 용돈을 모아 최근에 산 것까지 합쳐 모두 여덟 권이다. 지난 토요일에 알리스는 아침 일찍 일어나 서점 앞에 줄을 섰다. 서점이 아직 문을 열지 않았지만, 열 명 가까운 아이가 출판되자마자 책을 사려고 알리스처럼 줄을 섰다. 《드래곤 왕국》은 알리스가 이제까지 읽은 책 중에서 가장 멋진 만화책이었다. 하루에 20페이지씩 아껴 가며 읽고 있는데, 오늘은 읽을 시간이 없었다.

알리스는 한숨을 내쉬고는 다시 몸을 똑바로 하고 앉아 편지를 썼다. '나는 파리에 살아.' 이건 사실이다. '부모님은 옷 만드는 일을 하셔.' 이것도 맞는 말이다. '여동생이 있는데, 이름은 궐레이야.' 확실히 그렇다. '나는 《드래곤 왕국》이라는 만화를 정말 좋아해.' 백 퍼센트 진실이다. 알리스는 편지에 거짓말은 하나도 쓰지 않았다. 다만 몇 가지 사실을 말하지 않았을 뿐이다. 그런데 편지가 너무 짧다. 비뇽 선생님이 뭐라고 하실지 듣지 않아도 알 수 있었다.

"다섯 줄밖에 안 쓰다니! 알리스, 이렇게 쓰면 편지 받는 사람한테 실례야."

어쩔 수 없었다. 그래도 평범한 아이로 보일 수 있으니 다행이었다. 창밖을 보니 오렌지색 가로등 불빛 사이로 비가 내리고 있었다.

"예멕 자마니!" 옆방에서 아버지가 밥 먹으라고 알리스를 부르는 소리가 들렸다.

알리스는 알 리 없겠지만, 알리스네 집에서 세 블록 떨어진 곳에 사는 카미유 베르티에도 그 시각 알리스와 똑같이 자기 방 유리창에 이마를 대고 비가 내리는 거리를 내려다보고 있었다. 알리스에게 들릴 리 없지만, 카미유 어머니도 알리스 아버지와 똑같이 부엌에서 이렇게 외쳤다.

"카미유, 밥 먹자."

카미유가 고개를 절레절레 흔들며 유리창에서 몸을 떼더니 부엌으로 향하면서 이렇게 중얼거렸다.

"전학은 귀찮고 피곤해."

남다른 여자아이

다음날은 날씨가 궂었다. 밤새 비가 내렸고, 아침에도 계속 내리고 있었다. 알리스는 걸어서 학교에 갔다. 비옷에 달린 모자를 바짝 조여 잔뜩 찌푸린 얼굴로 걷고 있었다. 아직 잠이 깨지 않아서 몸이 천근만근 무거웠다. 지난밤 이불 속에서 불을 켜고 몰래 만화책을 봤다. 너무 궁금해서 도저히 그냥 잘 수가 없었다. 붉은 용이 죽었다. 어둠의 왕자 트레보가 붉은 용의 심장에 칼을 꽂았다. 꿈에 트레보가 나왔다. 용들이 복수하는 꿈도 꾸었다. 그러느라 기운이 다 빠져 버렸다.

달려오던 여자아이가 알리스와 부딪쳤다. 그 여자아이

는 레나였다.

"아, 미안해. 시간이 없어서. 급해. 전학생을 안내해야 하거든. 내가 반장이어서…."

전학생이라고? 아, 그랬지. 알리스는 깜박 잊고 있었다. 프랑스어 선생님이 지난주에 전학생이 올 거라고 말했던 게 기억이 났다. 선생님은 이번에 오는 전학생이 평범한 아이가 아니라고 진지하게 말했었다. 어느 아이들과는 달리 '장애가 있는' 여자아이라고 했다.

사실 누가 오건 알리스와는 전혀 상관없는 일이었다. 그냥 좀 다른 여학생일 것이다. 하지만 선생님은 '장애가 있는' 여자아이라고, 그게 마치 위험한 말이기라도 한 것처럼 속삭였다. 아니면 아주 섬세한 말이나 거친 말이어서, 혹은 누군가에게 상처 주기 쉬운 말이어서 속삭였는지도 모르겠다. 어쨌든 특별한 여자아이에게 쓰는 특별한 말인 것만은 분명했다. 알리스는 '장애가 있는'이라는 말을 그렇게 받아들였다.

선생님은 그런 다음 '장애가 있는 전학생'이 오는 것이 우리 반에는 행운이 될 거라고 말했다. 알리스는 그게 왜 행운이라는 것인지 도무지 이해가 되지 않았다. 알리스뿐 아니라 모든 아이가 선생님의 말을 듣자마자 당장에 휠체어를 떠올렸다. 아마 장애인 주차 구역이나 버스의 장애인석, 혹은 장애인 전용 화장실에 붙어 있는 로고 때문에 그랬을 것이다. 영화 〈언터처블〉*이나, 입으로 휠체어 레버를 움직여 돌아다니는 전신 마비인 남자가 떠올랐기 때문이기도 했다. 그러니까…, 아이들은 그 여자아이도 휠체어를 타고 있을 거라고 지레짐작해 버렸다.

프랑스어 선생님은 좀 흥분한 것 같아 보였다. 여느 아이들과는 다른 여자아이가 온다는 사실 때문에 그런 것이 분명했다. 알리스는 문득 휠체어를 타는 여자아이라면 엘리베이터를 타고 다닐 거라는 생각이 들었다. 몇 달 전부터 알리스의 소원은 학교에서 엘리베이터를 타 보는 것이었다. 금방이라도 천식 발작을 일으킬 것처럼 숨을 헐떡이면서 땀에 흠뻑 젖은 채 하루에도 몇 번씩 5층 계단을 올라 다니고 있었다. 5층 계단은 알리스에게 에베레스트나 다름없

* 전신 마비로 휠체어를 타는 백만장자와 가진 것 없는 남자 간병인의 우정을 그린 프랑스 영화

었다.

알리스는 서글픈 미소를 지으며 선생님을 바라보았다. 휠체어를 타는 그 여자아이는 참 운이 좋다는 생각이 머리를 스치고 지나갔다. 물론 그 생각을 누구에게도 털어놓을 수는 없었다. 알리스는 체구가 크고 몸무게가 많이 나간다. 아무리 애를 써도 여느 아이들처럼 몸을 움직이기 힘드니까 엘리베이터를 타야 하는데, 선생님이 허락하지 않았다.

"넌 다리가 있잖아, 안 그래?"

양호 선생님은 늘 똑같은 말만 되풀이했다. 물론 알리스에게는 다리가 있다. 문제는 다리가 아니었다. 다리가 엄청난 몸무게를 감당해야 한다는 게 함정이었다. 하지만 빨간색 얇은 금테 안경을 쓴 양호 선생님은 그런 사실을 전혀 모르는 척했다.

학교 가는 길에 있는 약국 앞에 기온과 시간을 알려 주는 표지판이 설치되어 있었다. 표지판이 가리키는 현재 기온과 시간은 6℃, 7시 50분. 알리스는 달리기 시작했다. '제기랄, 지각하게 생겼네.' 그리고 잠깐 스쳐 지나간 부끄러운 생각을 몰아내려는 듯 고개를 세차게 흔들었다.

알리스는 횡단보도 앞에 멈춰 서서 비옷에 달린 모자를 다시 꽉 조였다. 모자가 머리에 딱 달라붙었다. 신호등이 초록색으로 바뀌었다. 신호등 색깔이 변하자 알리스의 생각도 바뀌었다. 질투심 많은 빨간 색에서 희망 넘치는 초록색이 되었다. 솔직히 말해서 그다지 대단할 것 없는 희망이고, 웃기는 희망이었다. 어쩌면 새로 전학해 오는 여자아이가 자신에게 행운이 될 수도 있지 않을까 하는….

알리스는 자크를 생각하고 있었다. 자크가 매일 계속해서 자신에게 퍼붓는 뚱뚱보, 코끼리, 지방 덩어리, 도넛, 거대 생명체, 배불뚝이 따위의 모욕적인 말을 떠올리고 있었다. 자크의 독화살이 이제는 여느 아이들과는 다르다는 그 여자아이 쪽으로 향하게 될 것이라고 생각했다. 자크는 동정심이라고는 없는 녀석이다. 아침에 시리얼을 먹는 순간에도 오늘은 무슨 장난을 칠까, 하고 머리를 굴리며 낄낄대고 있을 게 뻔하다.

여자아이가 전학 온 뒤에 어떤 일이 벌어질지 머릿속에 그려 봤다. '눈만 뜨면 누구를 어떻게 괴롭힐까 궁리하기 바쁜 자크 일당이 너의 약점을 찾아내 가장 마음을 아프게 하는 방법으로 상처를 줄 거야. 치아 교정기, 혀 짧은 소리, 모양이 이상한 귀, 커다란 발, 심하게 소심한 성격, 입가에 묻은 치약, 열려 있는 지퍼 같은 게 모두 약점이 될 거야. 자크 일당은 네 컴퍼스를 훔쳐서 다른 아이의 필통 속에 넣어 놓고, 요구르트를 쏟아 네 옷을 더럽히고, 네 책상에 껌을 붙이고, 네 바지를 체육관 로커룸에 숨겨 놓을 거야. 네 의자 위에다 방귀 소리가 나는 쿠션을 슬쩍 놓아 두어서 벌을 받게 할 수도 있어.'

알리스는 초등학교 때부터 자크의 가장 만만한 놀림감이었다. 자크에게서 벗어나 보려고 갖은 노력을 했었다. '실컷 떠들어라. 두꺼비가 침 뱉는다고 그게 흰 비둘기한테 한 방울이라도 튈 것 같아?'라는 식으로 무관심을 가장해 보기도 했다. '나도 널 바보로 만들 수 있어.'라는 식의 반격도 궁리해 보았지만, 그 자리에서 재빨리 맞받아칠 말이 생각나지 않아서 결국 아무 말도 하지 못했다. 그리고 부두 인형까지.

부두 인형은 알리스가 직접 만들어서 미워하는 사람의 이름을 붙인 작은 인형이다. 그러고는 미워하는 사람에게 진짜로 일어났으면 하고 바라는 온갖 일을 인형에게 하는 것이다. 이웃에 사는 파투가 부두 인형에 대해 알려 주었다. 예를 들어 인형의 눈에 바늘을 꽂고, 다리를 비틀고, 심장이 있을 만한 자리에 압정을 꽂고, 성냥불로 얼굴을 태우는 등 해코지를 할 수 있다고 파투는 말했다. 알리스는 혹시라도 실제로 그런 일이 일어날까 봐 차마 그렇게 잔인한 짓을 하지는 못했다. 기껏해야 '자크 인형'의 배를 살짝 할퀴고, 인형 얼굴에 풀을 발라 놓고, 병정개미가 인형 위로 기어가게 만들고, 손으로 마구 구겨서 누더기가 된 인형의 입에다 침을 뱉는 정도였다. 솔직히 말하면 그렇게라도 하니 속이 시원했다. 하지만 인형에 저주를 거는 주문은 통하지 않았다. 절망스럽게도 자크는 아주 멀쩡했다.

그러니까 정말로 다른 누군가가 알리스 대신 모욕을 당하게 된다면 알리스의 삶은 평온해질 것이다. 누군가가 알리스 대신 많은 사람이 말하는 '터키인의 머리'*가 되는 것이다. 여기서 독자 여러분은 왜 '중국인의 머리'나 '멕시코

* 세상의 웃음거리가 되는 사람을 가리키는 말

인의 머리'가 아니라, '터키인의 머리'인지 궁금할 것이다. 설명하자면 이렇다. 19세기에 장터 축제가 열리면 사람들은 터키 사람이 터번을 쓴 것처럼 리본 같은 것을 머리에 두른 얼굴 모형 인형을 가능한 한 세게 때리는 놀이를 즐겨 했다. 나중에는 그 얼굴 모형 인형을 '장터 축제의 머리'라고 불렀다. 19세기 이후로는 터키인이 터번을 두르고 거리를 돌아다니는 일이 흔하지 않았기 때문이다.

하지만 다시 알리스의 문제로 돌아와서 보자면, 알리스의 근심은 그 말의 어원과는 전혀 상관이 없다. 알리스는 그저 여느 아이들과 다른 그 여자아이가 자기 대신 놀림감이 되어 주었으면 하는 비난받아 마땅한 소원을 빌면서 걸어가고 있었다.

바로 그 순간 알리스의 머릿속에 애니메이션에나 등장할 법한 천사 캐릭터와 악마 캐릭터가 나타나 각자 자기주장을 펼치기 시작했다.

천사 : 이런, 넌 어떻게 장애가 있는 아이가 너 같은 운명이 되기를 바랄 수 있냐, 응? 네가 견디기 힘든 일이면 그 여자애도 견디기 힘들 텐데.

악마 : 넌 지금까지 지긋지긋하게 당했잖아, 친구. 이제 그 여자애 차례가 된 거지. 지금 네 상태도 말이 아니야. 어떻게 보면 너도 장애가 있는 거라고. 누가 뭐라고 하겠어.

"야, 너희 둘 다 입 닥쳐!" 알리스가 명령했다. 그리고 교문을 지나 학교로 들어갔다.

한편, 카미유는 엄마와 함께 알리스보다 1분 일찍 운동장으로 들어섰다. 카미유는 자기만 엄마와 함께 학교에 와 있는 이 상황이 싫었다. 비가 오고 있었기 때문에 아이들은 모두 지붕 덮인 운동장 쪽에 몰려 있었다. 카미유와 엄마만 운동장 한가운데에 있어서 눈에 확 띄었다. 덕분에 선생님이 카미유와 엄마를 쉽게 알아보았다.

카미유 엄마는 우산을 뒤집어 놓을 듯이 사납게 달려드는 돌풍과 싸우고 있었다. 카미유가 엄마 없이 전학을 오는 건 상상도 할 수 없는 일이었다. 엄마는 이 모든 낯선 얼굴로부터 카미유를 지켜 주는 작은 성벽이었다. 물론 오늘 하루뿐이지만 말이다. 카미유는 엄마 옆에 찰싹 달라붙었다. 입술이 떨리고 있었다. 카미유는 지금까지 한 번도 전학을 가 본 적이 없었고, 새 친구를 사귈 일도 없었다. 카미유에게는 폴 엘뤼아르 중학교가 미지의 세계였다. 미지의 세계는 정글이다. 엄마는 모험이 약속된 세계라고 주장하지만 말이다. 카미유가 보기에 미지의 세계는 정글이고, 적들이 점령한 땅이었다.

"선생님은 어디 계시는 걸까?" 카미유 엄마가 초조하게 같은 말을 되풀이하고 있었다. 우산이 엄마의 머리 위에서 커다란 박쥐처럼 제멋대로 춤을 추고 있었다. 조금만 있으면 물에 빠진 생쥐 꼴이 될 참이었다.

바람은 점점 더 세차게 불었다. 우산살이 휘어 버렸다.

"베르티에 부인, 안녕하세요? 카미유도 잘 지냈니?"

카미유가 뒤를 돌아보았다. 지난주에 만났던 프랑스어 선생님이 서 있었다. 선생님은 비를 피하느라 우산 대신 가방을 머리 위로 치켜들고 있었다.

"우리 반 반장인 레나를 소개할게요." 선생님이 키가 큰 여자아이를 카미유 앞에 세웠다. 여자아이는 갑자기 떠밀려서 깜짝 놀란 눈치였다.

레나는 너무 놀라 눈을 치켜뜨며 더듬거렸다.

"얘가 전학생이에요? 정말 맞아요?"

마치 뭔가 잘못되기라도 한 것처럼 레나가 말했다. 설명을 들었던 것과 카미유가 전혀 다른 사람이라는 반응이었다. 카미유를 보고 크게 실망이라도 한 것 같은 말투였다.

"그래, 카미유가 맞아." 선생님은 레나에게 짜증스럽게 말하고는 카미유와 엄마를 안내했다. "절 따라오세요. 비가 들이치지 않는 쪽으로 가시지요."

카미유 엄마는 학생들로 가득 찬 운동장 지붕 아래에 들어선 뒤 우산을 접었다. 우산은 이제 갈기갈기 찢어진 박쥐 날개 같았다.

"비가 이렇게 쏟아지다니…. 하필이면 네가 전학 오는 날 날씨가 이래서 유감이구나, 카미유. 아이들이 올라가기를 기다렸다가 교실로 가서 너를 소개하마. 루브르 박물관에 갈 준비는 하고 왔겠지?"

카미유는 고개를 끄덕이며 미소를 지어 보이려고 애를 썼다. 레나가 수상쩍다는 표정으로 카미유를 살펴보고 있었다. 자기 앞에 있는 여자아이가 진짜 카미유 베르티에인지 의심스러워하는 것 같았다.

적의에 찬 시선을 받으며 카미유는 '조개껍데기'라는 단어를 넣어 시를 짓기 시작했다. '게의 집게발을 피해 달아나는 연약한 연체동물, 두꺼운 진주조개 껍데기 속으로 숨는다.' 카미유의 눈에는 레나가 게로 보였다. 주변에 있는 아이들이 모두 게로 보였다. 그래서 카미유는 엄마 곁에 더 찰싹 달라붙어 서 있었다.

그때 조금 떨어진 곳에서 몸집이 아주 큰 남자애가 걸어오다 그만 커다란 물웅덩이에 발을 빠뜨렸다. 그러더니 물에 젖은 신발을 고쳐 신으면서 웅덩이에서 발을 빼 냈다. 잔뜩 화가 난 남자애의 얼굴을 보면서 카미유는 웃음이 나오려는 것을 간신히 참았다.

"걱정 마, 알리스. 지방은 물에 가라앉지 않고 둥둥 뜨니까." 한 남자애가 재밌다고 웃으며 소리쳤다.

앨리스라고? 카미유는 깜짝 놀라서 뚱뚱한 남자애를 다시 쳐다보았다. 남자애는 당황한 표정으로 웃어 보이며 서둘러 지붕 덮인 운동장 쪽으로 들어왔다. 선생님과 카미유 엄마는 인사를 나누고 있었다. 그때 레나가 카미유의 귀에 대고 속삭였다.

"그런데…, 휠체어는 어디 있어?"

"휠체어? 무슨 휠체어?"

"그러니까…, 네 휠체어 말이야!"

종이 울리자 아이들이 우르르 건물 안으로 몰려 들어갔다. 알리스네 반 아이들은 그대로 남아 있었다. 알리스는 비옷에 달린 후드를 벗었다. 그리고 뻑뻑 소리가 나는 신발 속에서 발을 이리저리 움직여 보았다. 망할 웅덩이.

알리스는 조금 전 자크가 자기를 놀릴 때 지붕 덮인 운동장 쪽에 서 있던 낯선 여자애를 보았다. 그 여자애는 불타는 듯한 빨간 머리칼에 잔뜩 겁에 질린 눈빛으로 서 있었다. 전학 온 아이가 틀림없었다. 하지만 장애가 있어 보이지는 않았다. 다리가 아주 튼튼해 보였다. 그러니까 알리스네 반에 전학 온다는 여자애는 아니었다.

물을 잔뜩 먹은 자기 운동화를 살펴보다가 고개를 든 알리스는 아까 그 빨간 머리 여자애가 레나와 프랑스어 선생님과 함께 자기가 있는 쪽으로 걸어오고 있는 것을 보았다.

"얘들아, 새로 전학 온 친구를 소개할게. 이름은 카미유 베르티에야."

알리스는 두 눈을 크게 뜨고 여자애를 유심히 살펴보았다. 여자애는 튼튼한 두 다리로 서 있었다. 지난주에 선생님이 말한 그 여자애일 리가 없었다. 알리스는 절대로 탈 수 없는 엘리베이터를 맘껏 타고 다니게 될 여자애, 자크의 새로운 희생양이 될 여자애가 아니었다. 그 상상에 학교에 오는 길에 눈처럼 흰 천사와 꼬리 달린 악마가 머릿속에서 말싸움을 벌이게 한 그 휠체어를 탄 여자애가 아니었다.

'저 아이가 카이유 베르티에일 리 없다.'

다른 아이들도 알리스처럼 놀란 눈치였다. 다들 뭔가 잘못되었다고 생각하는 것 같았다.

알리스는 레나를 뚫어지게 쳐다보았다. 레나는 뭔가 알고 있지만 절대 알려 주고 싶지 않다는 듯이 얄밉게 웃고 있었다. 그렇다면 카미유 베르티에의 다리 하나가 가짜일 거라고 알리스는 생각했다. 아니면 둘 다 가짜이든가. 그것밖에는 달리 설명할 방법이 없었다. 청바지로 가려진 한쪽 다리나 양쪽 다리 모두 플라스틱이나 쇠로 된 가짜 다리인 것이 틀림없었다. 분명히 눈에 보이지는 않는 장애가 있다.

"저 여자애, 다리가 가짜일 거야." 알리스가 압둘라에게 소곤거렸다.

압둘라는 '카미유 베르티에의 다리가 가짜다.'라는 말을 여기저기 퍼트렸고, 그 말은 불길이 번지듯 삽시간에 퍼졌다. 2분이 채 지나지 않아서 반 아이들은 모두 수수께끼가 풀렸다고 생각했다. 카미유에게 휠체어가 없는 건 다리가 의족이기 때문이라고 생각하게 되었다. 의족이라는 말은 오렐리앙이 처음 했다. 오렐리앙은 걸어 다니는 잡학사전이라는 별명이 있었다.

바로 그 순간 알리스는 자신이 계속해서 자크에게 괴롭힘을 당하게 되리라는 것을 깨달았다. 전학 온 여자애는 알리스의 경쟁 상대가 될 만큼 대단한 장애가 있는 것은 아니었다. 알리스는 실망하며 한숨을 내쉬었다. 어쩐지 사기를 당한 것만 같았다.

반 아이들은 쏟아지는 빗속을 달려 버스 정류장 쪽으로 향하기 시작했다. 버스 안은 금세 아이들로 북적댔다. 카미유 베르티에는 레나와 함께 북적대는 아이들 속으로 사라져 보이지 않았다. 알리스는 통로 가운데에 있는 봉을 붙잡고 섰다. 비어 있는 자리가 없었다. 알리스의 몸이 부표처럼 이리저리 흔들렸다.

"카미유가 가짜 다리인 건 어떻게 알았어? 걷는 게 자연스럽잖아. 그러니까 내 말은…, 절뚝거리지 않는단 말이지." 압둘라가 속삭였다.

"무슨 소리야, 난 아는 게 없어!"

"네가 의족이라고 말했잖아!"

알리스는 어깨를 으쓱 치켜올렸다.

"그럼 넌 뭐 달리 생각한 거라도 있어?"

밀로의 비너스

버스 정류장에서 내린 아이들은 루브르 박물관 입구까지 쏟아지는 빗속을 걸었다. 알리스는 아이들의 걸음을 좇아가느라 숨을 몰아쉬었다. 잠시 후 아이들은 에스컬레이터를 타고 지하로 밀려 내려갔다. 건물 안이 들여다보이는 피라미드 아래로 가는 중이었다. 안이 들여다보이는 피라미드가 방문객 출입구였다.

아이들은 휴대품 보관소에 있는 커다란 통에 젖은 겉옷과 망토와 재킷을 되는대로 쌓아 놓았다. 그리고 바로 그 순간 갑자기 모든 것이 확실하게 밝혀졌다. 알리스는 카미유가 자기 망토의 옷깃을 입으로 무는 것을 보았다. 그렇다. 독자 여러분은 '망토의 옷깃을 입으로 물었다.'라는 문장을 읽은 게 확실하다. 카미유는 턱을 왼쪽으로 단번에 획 당겨서 망토를 여미고 있던 벨크로 밴드를 떼어 내었다. 여전히 이로 옷깃을 문 채로 머리를 한 바퀴 돌려서 투우사가 망토를 벗듯이 자기 상체를 둘러싸고 있던 망토를 벗겨 냈다. 그런 다음 옷깃을 입에 물고 커다란 통 앞까지 간 뒤 입을 벌려 물고 있던 망토를 통 안으로 떨어뜨렸다. 그러자 타는 듯한 붉은 머리칼에 노란 재킷을 입은 여자애의 여느 아이들과는 다른 모습이 그대로 드러났다.

이로 옷을 벗는 여자애.

이를 마치 손처럼, 아니 손가락처럼 사용하는 여자애.

아이들은 카미유의 다리에 정신이 팔려 휠체어만 찾았었다. 아이들 중 누구도 카미유의 전체 모습을 눈여겨보지 않았었다. 이제 아이들은 카미유를 제대로 보고 있었다. 금붕어처럼 입을 헤 벌린 채 눈 앞에 펼쳐진 광경을 바라만 보고 있었다. 카미유 베르티에는 팔이 없었다.

아이들은 온몸이 굳어 버린 듯 꼼짝하지 않고 옷 보관함 앞에 서 있는 카미유의 상반신을 뚫어지게 바라보았다.

노란 재킷의 소매는 텅 비어 있었고, 어깨에서부터 늘어뜨려진 채 흐물거렸다. 어깨에서부터라기보다는 어깨가 있어야 할 곳에서부터라고 해야 맞는 말이겠다. 알리스는 카미유의 옷 소매가 허수아비의 소매 같다고 생각했다. 카미유도 엘리베이터를 탈 수는 없겠다는 생각이 들었고, 어쩐지 마음이 가벼워졌다.

카미유는 고개를 들어 피라미드 모양의 천장을 쳐다보았다. 유리로 된 천장 너머로 보이는 하늘이 아름다웠다. 천장의 유리는 금속으로 된 창살로 분할되어 있었다. 그 위로 비가 내렸지만 몸이 젖을 일은 없었다. 카미유는 보이는 모든 것을 눈을 크게 뜨고 바라보았다. 석상, 그림, 엄청나게 커다란 계단을 보면서 넋을 잃었고, 그렇게 해서 자신을 바라보는 아이들의 시선을 애써 피했다. 카미유는 입술을 잘근잘근 깨물었다. 스트레스를 받을 때마다 하는 버릇이었다. 카미유는 '깨물다'라는 말을 넣어 마음속으로 시를 지었고, '빛난다'라는 말을 넣어 또 시를 지었다.

카미유는 노란 재킷을 입은 몸을 똑바로 세웠다. 그리

고 도슨트가 작품 설명을 하면서 폭포처럼 쏟아 내는 숫자를 듣는 데 집중했다. 루브르는 어마어마하게 큰 성이어서 방이 403개이고, 산책로가 18킬로미터이며, 3,5000여 점의 작품이 전시되어 있다고 했다. 20,000점의 작품을 소장하고 있으며, 루브르 전체를 모두 구경하려면 30일 걸린다고 했다. 카미유는 도슨트가 말한 숫자들, 18, 30, 20,000, 35,000을 하나씩 따라 말하며 외우려고 애썼다. 아이들이 자기만 바라보고 있는 현실을 생각하고 싶지 않아서였다. 아이들은 조각품에도, 이집트의 가면에도, 프레스코화나 그림에도 관심이 없었다. 그러니까 지금은 카미유가 예술품 역할을 하고 있었다.

카미유는 석관과 가면에 관심을 기울였고, 방만큼이나 큰 그림, 수수께끼 같은 제목이 붙은 그림을 보았다. '메두사의 뗏목', '카롤린 리비에르 양', '사기 도박꾼' 같은 그림이었다. 그 그림들은 마치 이야기의 첫 장면 같았다. 그러다 좀 떨어진 곳에 있는 다빈치의 '모나리자'를 보았다. 모나리자는 카미유도 아는 그림이었다. 카미유네 집 냉장고에 모나리자 그림 장식이 붙어 있었다. 모나리자 자석 그림은 사실 아주 작아서 좀 우스워 보일 정도였다. 냉장고 문에 딱 달라붙어 있어서 잘 보이지도 않았다.

카미유는 계속해서 아이들이 소곤거리는 소리가 들리지 않는 척했다. 흘끔거리며 쳐다보는 눈길도 못 본 척하려고 애썼다. 그런데 레나가 그림자처럼 카미유를 따라다니고 있었다. 그건 레나가 맡은 임무였다. 프랑스어 선생님은 카미유가 혼자 있다는 느낌이 들지 않게 하라고 레나에게 당부했었다. 카미유는 잠시만이라도 자기를 좀 내버려 두었으면 좋겠다고 생각했다. 게다가 너무 더웠다.

"잊지 마라. 마르세유에서 오는 친구들에게 소개할 작품을 각자 하나씩 골라야 해." 선생님은 아이들이 해야 할 일을 잊을까 봐 같은 말을 되풀이했다.

카미유는 티셔츠만 입은 자기 모습을 지금은 사람들에게 보이고 싶지 않았다. 정말 그러기 싫었지만, 관람객이 너무 많아서 숨이 막힐 지경이었다. 이마에 흐르는 땀을 닦아 달라고 부탁할 만한 사람도 없었다. 어쩔 수 없었다. 카미유는 결심했다. 좀 겁이 났지만, 어차피 처음 한 번은 겪어야 하는 일이었다. 지금이 바로 그때였다.

카미유는 처음에 망토의 옷깃을 물었던 것처럼, 이번에는 재킷의 옷깃을 입으로 물었다. 그리고 망토를 벗을 때와 똑같이 머리를 움직여서 재킷을 벗었다. 카미유의 입에 재킷이 대롱대롱 매달렸다.

“젤라….”

카미유는 ‘레나’를 제대로 발음하려고 노력했지만, 입에 옷을 물고 있어서 제대로 소리를 내기가 어려웠다. ‘에’나 ‘아’는 제대로 소리가 났지만, ‘벨라’ 같기도 하고 ‘제나’ 같기도 한 이상한 소리가 나왔다.

선생님은 또다시 주의를 주었다.

“그림이든 오브제든 조각품이든 각자 원하는 작품으로 정하렴. 어쨌든 돌아갈 때는 모두 소개할 작품을 정해야 한다, 알았지?”

“젤라, 으에…, 젤라!”

마침내 레나가 돌아보았다. 레나의 뇌가 ‘에’와 ‘아’가 연속적으로 나는 소리를 자기 이름의 변형이라고 인식한 모양이었다. 카미유의 앙다문 이 사이에서 대롱거리는 재킷을 보고 레나는 당황한 나머지 멍하니 서 있었다. 티셔츠

차림의 여자애는 이제 텅 비고 흐물거리는 소매조차 없어서 더욱 놀라운 모습이었다. 마치 남동생이 잡지에서 가위로 사람을 오리다가 그만 이쪽 팔, 저쪽 팔을 다 잘라 버린 사진 같았다.

"아, 즈옴 드와주으래?"

카미유가 재킷을 흔들어 보이면서 말했다.

그 순간 마법처럼 선생님의 팔이 쑥 나타나 레나가 미처 뭘 해 보기도 전에 재킷을 잡았다.

"내가 도와줄게."

티셔츠만 입고 있어서 확실히 드러난 카미유의 이상한 모습을 아이들이 뚫어져라 쳐다보았다. 이 순간 카미유는 학교 운동장에 들어서던 아침보다 더 열심히 '조개껍데기'로 시를 짓고 있었다. 게를 피해 도망치는 연체동물처럼 조개껍데기 속으로 숨고 싶었다. 아이들의 얼굴이 모두 게로 보였다. 하지만 조개껍데기가 없었다. 엄마도 없었다.

카미유는 숨을 크게 들이마셨다. 목구멍으로 뭔가 치밀어 오르는 것을 꾹 눌렀다. 그리고 놀라서 어쩔 줄 몰라 하는 스물다섯 쌍의 눈을 향해 다부지게 웃어 보였다. 일정에

쫓겨 마음이 바쁜 도슨트는 아무것도 보지 못한 채 벌써 다음 관람실로 발걸음을 옮기고 있었다. 선생님은 어서 도슨트를 따라가라고 아이들을 재촉했다.

도슨트는 루브르를 한 바퀴 돌면 18킬로미터라고 했다. 겨우 500미터를 걸었을 뿐인데 알리스는 벌써 땀에 흠뻑 젖어 버렸다. 이렇게 바쁘게 돌아다니다니, 이건 체육 시간이나 다를 게 없었다. 게다가 도슨트의 설명이 한 마디도 귀에 들어오지 않았다. 자꾸 카미유만 쳐다보게 되었다. 카미유는 가냘픈 몸으로 도깨비불처럼 관람객들 틈으로 슬그머니 끼어 들어갔다. 그 짧고 강렬한 불꽃을 레나가 바짝 뒤쫓았다.

“여기가 마를리 안뜰입니다! 루이 14세가 수집한 조각 작품이 이곳에 있습니다.” 도슨트가 말했다.

도슨트는 앞발을 들고 울부짖는 말, 넵튠과 다이애나의 전신상, 물동이를 든 여인의 조각상, 까치발을 하고 머리칼을 날리며 달리다가 우뚝 멈춰선 모습이어서 돌로 된 사진 같은 여자와 남자의 조각상을 보여 주었다. 온통 카미유에게 쏠려 있던 아이들의 관심이 잠시나마 거대한 조각 작품으로 옮겨 갔다.

“그런데 조각상이 다 옷을 벗고 있어!” 압둘라가 외쳤다.

“그렇지…. 그 이유가 뭘까?” 도슨트가 아이들에게 물었다.

“누드 축제를 하는 중이어서 그런 거예요.” 아르튀르가 낄낄대며 대답했다.

도슨트가 한숨을 내쉬었다.

“여기 있는 조각상은 거의 다 신의 모습을 조각한 거야. 신의 몸은 완벽하지. 그러니까 신을 조각하는 일은 예술가에게 재능을 발휘할 기회인 거야. 놀랍게 균형이 잡힌 신의 몸을 그들의 움직임과 갈비뼈, 근육을 강조해서 정교하게 표현한 조각 작품을 보고 있으면, 보기만 하는데도 실제로 만져 본 것 같은 착각이 들지. 이런 훌륭한 작품을 만드는 능력은 누구나 가질 수 있는 게 아니야….”

“네가 절대로 작품의 모델이 될 수 없다는 건 확실하지.” 자크가 알리스를 툭툭 치면서 도슨트에게 들리지 않게 작은 소리로 말했다.

알리스는 조각상의 팔과 허벅지, 가슴을 바라봤다. 정말 아름다웠다.

“네가 모델이 된다면 그 작품은 그야말로 이상한 나라의 알리스*가 되는 거지!” 자크가 계속해서 말했다.

알리스는 조각 작품이 모두 아름답다고 생각했다. 하지만 보고 있자니 왠지 기가 죽었다. 자신이 너무 무겁고, 뚱뚱하고, 못생기게 느껴졌다.

알리스의 왼편에는 카미유가 서 있었다. 머리카락이 자꾸 흘러내려 눈을 덮어서 입으로 바람을 후후 불어 머리카락을 날리는 중이었다. 어깨에는 작은 가방을 사선으로 둘러메고 있었다. 알리스는 그 가방 안에 뭐가 들어 있는지 궁금했다. 기차표? 열쇠? 돈? 이 여자애는 지하철을 탈 때 출입구의 기계 구멍에 승차권을 어떻게 집어넣을까? 열쇠를 어떻게 열쇠 구멍에 꽂지? 돈을 낼 때는 어떻게 할까? 알리스는 카미유도 여기 있는 조각 작품에 적합한 모델이 되

* 《이상한 나라의 앨리스》에서 앨리스(Alice)의 프랑스어 발음은 알리스로, 남자 주인공의 이름 알리스(Halis)와 발음이 같다.

지는 못할 거라는 생각이 들었다. 그러자 어쩐지 마음이 편안해졌다.

이번에는 고대 그리스 전시관으로 들어섰다. 첫 번째로 본 조각상은 머리가 없는 상반신상이었다. 다음으로 본 작품은 몸이 없는 기병의 머리였다. 그다음은 머리와 팔은 없고, 한쪽 다리가 무릎까지만 있는 남자의 상반신상이었다. 다리, 팔, 다리나 팔의 한 부분, 손이나 발이 없는 조각상이 엄청나게 많았다. 오래된 조각상은 시간이 흐르면서, 혹은 이리저리 옮겨지면서 부서졌을 것이다. 어쩌면 지진으로 부서졌을지도 모른다. 조각상에 없는 부분이 어떻게 사라졌는지는 전혀 알 길이 없지만, 원래는 모두 온전한 모습이었을 것이다. 신의 모습을 조각한 것이고, 신은 완벽하니까. 하지만 지금 조각상은 카미유와 닮아 있었다.

관람객들은 조각상을 보고 감탄하면서 사진을 찍었다. 아무리 주위를 둘러봐도 확실히 조각상 가운데 뚱뚱한 조각상은 없었다. 보기 흉한 모습을 하고 있는 것은 오로지 알리스뿐인 상황으로 다시 돌아와 있었다.

“야, 카미유, 너 가족을 만나러 여기 온 거냐?” 자크가 지나가면서 카미유에게 낮은 소리로 속삭였다.

레나가 자크를 흘겨봤다.

"지금 바로 앞에 있는 조각상이 루브르 박물관의 스타인 '밀로의 비너스'야." 도슨트가 말했다. 그런데 도슨트의 의도와는 다르게, 그 말을 들은 사람은 모두 카미유를 바라보았다. 카미유는 도슨트가 눈치채지 않게 첫 번째 줄로 살짝 끼어들어 맨 앞에 서 있었다. 거대한 돌로 된 여자, 팔이 없는 커다란 비너스 앞에서 조그만 몸을 꼿꼿이 세우고 있었다. 도슨트는 완전히 굳은 표정이 되었다. 팔이 없는 카미유를 지금 처음 보기라도 한 것 같았다.

그때부터 도슨트는 정해진 대로 왔다 갔다 하면서 외워 둔 내용을 어느 누구도 쳐다보지 않은 채 줄줄 읊어댔다. 마치 책을 읽어 주는 기계가 되어 버린 것 같았다. 도슨트가 카미유를 바라보았다. 카미유는 꼼짝하지 않고 서서 아무 말 없이 2.17미터 높이에 있는 비너스의 얼굴을 올려다보고 있었다. 도슨트는 눈으로 선생님을 찾았다. 뭘 어떻게 해야 할지 몰라 안절부절못했다. 선생님은 손짓으로 계속하라는 신호를 보냈다.

"그러니까…, 밀로의 비너스는… 밀로 섬에서 발견되었어. 밀로의 비너스라는 이름만 들어도 알 수 있지…. 보다시피 밀로의 비너스는 팔이 없어. 밀로의 비너스는 뛰어난 아름다움으로 전 세계에 널리 알려져 있어."

카미유는 눈 한 번 깜빡이지 않았다. 대리석처럼 딱딱하게 굳은 모습으로 턱을 치켜올리고 있었다. 알리스는 그런 카미유를 바라보고 있었다. 카미유 베르티에는 우스꽝스러운 데가 전혀 없었다. '카미유는 비너스인가?' 알리스는 카미유를 불쌍하게 여겨야 할지 말아야 할지 아무리 생각해도 알 수가 없었다.

"얼굴은 전혀 망가지지 않았어. 얼굴이 가장 중요한 부분이야. 비너스의 얼굴은 정말 아름답지." 도슨트가 더듬더듬 말했다. 알리스는 도슨트가 지금 조각상을 설명하는 건지, 카미유를 설명하는 건지 헷갈렸다. 카미유의 옆얼굴을 찬찬히 살펴보았다. 붉은 머리칼, 둥근 코, 강한 의지가 엿보이는 턱을 하나하나 뜯어보았다. 정말 예뻤다.

관광객이 몰려오더니 팔 없는 여자아이와 돌로 만든 조각상이 마주 보고 서 있는 기이한 장면을 바라보았다. 어느

관광객이 휴대폰을 꺼내 들더니 그 장면을 찍었다.

"그럼…, 이만 견학을 마칠게. 밀로의 비너스가 맘에 들었으면 좋겠다. 그럼 이제 보관함이 있는 곳으로 이동할까." 당황한 도슨트가 서둘러 말했다.

아이들은 소란스러운 전시실을 조용히 걸어서 나왔다. 카미유와 조각상의 이미지가 사진처럼 찍혀서 아이들의 머릿속에 남아 있었다. 알리스는 깊은 생각에 잠긴 채 아이들의 무리가 움직이는 대로 따라갔다.

그때 날카로운 비명이 울렸다. 깊은 생각에 빠져 있던 알리스도 깜짝 놀라 현실로 돌아왔다. 반 아이들이 모여 있는 곳에 자크가 넘어져 있었다. 자크는 아프다고 소리를 질렀다. 선생님이 황급히 달려와 자크의 다리와 팔을 만져 보더니 얼굴을 찌푸렸다.

"팔목이 부러진 것 같구나. 움직이지 마라. 119를 불러야겠다."

알리스의 머릿속에는 어느새 작고 붉은 악마가 돌아와 있었다. 알리스로서도 어떻게 할 도리가 없었다. 악마는 자크의 팔목이 부러졌다며 꼴좋게 됐다고 배를 두드리고 데

굴데굴 구르며 웃어 댔다. 부두 인형도 필요 없었다. 악마는 천사의 엉덩이를 걷어차 쫓아 버렸다.

카미유 베르티에가 알리스의 행복한 악마를 본 게 틀림없다. 카미유는 알리스를 향해 공모자끼리 통하는 미소를 지어 보였다. 알리스가 속으로 기뻐하고 있다는 걸 다 알고 있는 것처럼. 자신도 통쾌한지 악마와 함께 조용히 웃고 있었다.

스톡맨 마네킹*

"그 언니는 팔이 없다는 말이야?" 퓌레를 먹으려던 포크를 그대로 든 채로 궐레이가 물었다.

"그렇다니까."

"팔이 전혀 없어?"

"그래. 없어." 알리스가 다시 말했다.

"아주 조금도 없다는 말이야?"

"그렇다고 말했잖아. 어깨도 없다니까."

궐레이는 눈을 찡그린 채 맞은편 벽만 뚫어져라 보고

* 1867년 프랑스 파리에서 설립된 최초의 드레스 폼 바디 전문 회사에서 만든 입체 재단용 바디.

있었다. 마치 아무리 상상해도 떠올리기 어려운 그 모습이 벽에서 튀어나오기를 기다리는 것처럼.

"그 언니는 왜 팔이 없을까?"

"나야 모르지."

귈레이는 고기와 콘 샐러드를 먹으며 골똘히 생각에 잠겨 있었다. 그러다 갑자기 포크를 내려놓더니 재단 테이블 위에 놓여 있는 접착테이프 두루마리를 가져와서 오빠에게 건넸다.

"이걸로 내 팔을 묶어 봐. 한번 보려고 그래. 제대로 꽉 묶어 줘."

"지금?"

"그래, 지금 당장. 내일 아침 말고 지금 해 달라니까."

귈레이는 팔을 등 뒤쪽으로 돌리고, 어깨도 뒤쪽을 향하게 했다. 그리고 똑바로 섰다.

"네 야피요르손? 뭐 하는 거냐? 얘들아, 밥 먹어라." 알리스 아빠가 말했다.

"잠깐만요, 아빠. 잠깐이면 돼요."

알리스가 의자에서 일어나 여동생 귈레이의 몸에 접착

테이프를 칭칭 감았다. 궐레이는 얼른 거울 앞으로 달려갔다. 그리고 거울에 비친 자기 모습을 보더니 얼굴을 찌푸렸다. 아무리 해도 팔이 숨겨지지 않았다. 게다가 등 뒤에 있는 팔의 느낌이 생생해서 거울에 비친 모습이 실감 나지 않았다. 궐레이는 머릿속으로 팔이 없는 자기 모습을 거울을 보며 떠올리고 있었다.

"어때, 아빠?"

"부 촉 가립…. 이상해."

궐레이는 팔이 있다는 느낌을 지워 보려고 정신을 집중했다.

"내 몸이 마치… 나무 그루터기 같아. 아니다. 선바위 같아."

궐레이가 웃음을 터뜨렸다.

"아니다, 소시지네."

"이런, 궐레이야…." 아빠가 머리를 절레절레 흔들며 끼어들었다.

어린 딸은 거울 앞에서 몸을 좌우로 흔들며 바보 같이 웃고 있었다.

"난 춤추는 소시지야."

알리스와 엄마가 참지 못하고 웃음을 터뜨렸다. 마침내 아빠가 화를 냈다.

"그만 됐다. 이제 이리 와서 앉아라!"

"바나 비르 셰이 하탈라티요르…. 널 보니 딱 떠오르는 게 있어." 저녁을 먹던 엄마가 입을 닦으면서 중얼거리듯 말했다.

엄마는 의자를 뒤로 빼고 식탁에서 일어났다. 작업실이 식당이 되는 동안은 두루마리 원단이며 재봉틀을 천으로 덮어 가려 놓는데, 엄마가 그 천을 벗겨 냈다.

"그런데 뭐?"

다음 순간 네 식구의 눈이 동시에 의상 제작용 마네킹을 뚫어져라 쳐다보았다. 그 마네킹은 나무 받침대 위에 천으로 만든 팔이 없는 상반신이 얹혀 있는 모양이었다. 엄마와 아빠는 매일 이 마네킹에 옷을 입혔다 벗기기를 반복했다. 여전히 팔이 묶인 상태인 귈레이가 고개를 끄덕였고, 알리스는 한숨을 내쉬었다. 엄마 말이 맞는다.

"확실히 스토맨 마네킹을 닮았네."

그날 오후 알리스는 머릿속으로 카미유가 할 수 없는 동작을 모은 리스트를 만들었다. 알리스가 움직일 때마다 카미유가 할 수 없는 동작이 하나씩 추가되었다. 카미유가 자기 망토와 겉옷을 이로 물고 고개를 한 번 돌려서 벗을 수는 있겠지만, 그 외의 일은 할 수 없을 것이 뻔했다. 알리스는 물건을 만지고, 집고, 들었다 옮겨 놓는 행동을 수도 없이 하면서 카미유가 할 수 없는 행동을 수도 없이 목록에 추가했다.

"개는 포크를 집을 수 없어."

"고기를 자를 수 없고."

"소스를 뿌릴 수 없고."

"사과를 깎을 수 없고."

"설거지를 할 수 없고."

"바느질을 할 수 없고."

"글을 쓸 수 없고."

"의자를 들어 올릴 수 없고."

"책장을 넘길 수 없고, 연필을 깎을 수 없고, 그림을 그릴 수 없고, 계산기를 두드릴 수 없어."

코를 긁을 수 없고, 코를 풀 수 없고, 공을 던질 수 없고, 불을 켤 수 없고, 빵에 버터를 바를 수 없고, 카카오 가루를 뿌릴 수 없고, 버터 바른 빵 조각을 집어먹을 수 없고, 이 사이에 낀 음식 부스러기를 빼낼 수 없고, 입을 닦을 수 없고, 전화를 받을 수 없고, 꽃을 꺾을 수 없고, 문자 메시지를 보낼 수 없고, 자매결연을 맺은 마르세유 친구에게 편지를 쓸 수 없고, 변기의 물을 내릴 수 없고, 지하철을 탈 때 승차권을 낼 수 없고, 문손잡이를 돌릴 수 없고, 카드놀이를 할 수 없고, 종이에 스테이플러를 찍을 수 없고, 가방에 물건을 집어넣을 수 없고, 바지를 벗을 수 없고, 셔츠 단추를 풀 수 없고, 신발 끈을 풀 수 없고, 잠옷을 입을 수 없고, 몸을 씻을 수 없고, 머리를 빗을 수 없고, 이를 닦을 수 없고, 베개를 놓을 수 없고, 알람 시계를 맞출 수 없고, 불을 끌 수 없고….

끝도 없는 목록을 만들다 보니 엄청난 우울감이 밀려왔다. 이제 알리스는 멍하니 허공을 바라보며 책상 앞에 앉아 있었다. 꼼짝할 수 없어져 버렸다. 자신이 움직일 때마다 카미유의 불행이 커지는 것 같아 몸이 마비된 것처럼 옴짝달싹할 수가 없었다.

알리스는 연필을 내려놓고 손을 폈다. 그리고 자기 손을 빤히 들여다보았다. 손가락을 움직여 보았다. 손가락이 분주히 돌아다니는 엄청나게 유연한 작은 짐승 같아 보였다. 이번에는 트레이닝 셔츠 안에 있는 팔꿈치를 펴 보았다. 왼쪽과 오른쪽 어깨를 번갈아 올렸다 내렸다 해 보았다. 평소에는 자기 손과 팔꿈치와 어깨와 손가락에 대해서 한 번도 생각해 보지 않았다. 엄지와 검지를 이용해 집게처럼 무엇을 집는 것에 대해서도 깊이 생각해 본 적이 없었다. 연필을 손가락 사이에 넣고 팽이처럼 빙글빙글 돌려 보았다. 그러고는 앞에 있지도 않은 카미유를 상대로 혼잣말을 했다.

"이것 봐. 카미유, 넌 이렇게 할 수 없어."

힘줄이 있고, 뼈가 있고, 근육이 있고, 관절이 있고, 연골이 있는 자기 손가락을 보고 감탄해 보기는 처음이었다. 손가락으로 천을 들어 올릴 수 있고, 10킬로그램짜리 쌀자루도 들 수 있고, 시계도 고치고, 자동차 엔진도 고칠 수 있다. 손가락의 연한 살은 민감해서 눈을 감고도 물건의 두께를 짐작하고, 물건이 물렁한지 단단한지, 부드러운지 거친지, 따뜻한지 차가운지 느낌으로 알 수 있었다. 알리스는 겨울 외투의 단추를 달면서 카미유가 날마다 어떻게 많은 일을 처리하고 살아가는지 궁금해졌다.

내일 학교에 가면 어깨도, 팔꿈치도, 손도, 손가락도, 손가락 관절도, 집게처럼 무엇을 집을 때 사용하는 엄지와 검지도, 연한 피부도 없이 카미유가 어떻게 많은 일을 해내는지 밝혀질 것이다. 그런데 머리칼이 불타는 빨간 색인 여자아이, 카미유를 생각하니 갑자기 마음이 아팠다.

'팔이 없으면 뚱뚱한 것보다 훨씬 더 나쁘겠지?'

알리스는 바늘을 내려놓았다. 그리고 카미유를 도와주리라 마음먹었다. 카미유 가까이에 앉아서 대신 글을 써 주고, 공책을 펼쳐 주고, 선생님이 칠판에 쓴 내용을 베껴 줄 생각이었다. 글씨가 삐뚤빼뚤하기는 하지만 정성을 다해 써 줄 참이었다. 맹세코!

알리스가 그런 결심을 하고 있는 순간에 카미유는 쥐이에 14번지에 있는 집에 돌아와 있었다. 카미유는 부엌 의자에 깊숙이 몸을 파묻었다. 비가 내리는 오늘 날씨처럼 맥이 빠지고 슬펐다.

"우리 선생님은 정말 좋으셔." 동생 사라가 건빵을 먹으면서 자신 있게 말했다.

카미유는 배가 고프지 않았다.

"잘됐구나, 우리 딸. 그나저나 저녁이 맛있게 제대로 되었으면 좋겠는데…. 카미유! 오늘이 학교 첫날인데 괜찮았니?" 엄마가 냄비에 든 스파게티를 휘저으며 물었다.

"긴 하루였어요."

엄마가 스파게티를 먹어 보다가 혀를 데었다.

"하루가 길었다고?"

"견학 내내 집에 오고 싶었다니까요. 그래서 정말 길었어요."

엄마가 카미유 곁에 와서 앉았다.

"흐음, 그렇게 뾰로통해 있는 건 너답지 않구나. 루브르 박물관은 근사했을 것 같은데. 루브르 박물관에서 무슨 일이 있었어?"

카미유는 울컥 눈물이 났다.

"아뇨, 특별한 건 없었어요."

"그랬어?"

"그냥 사람들이 나를 계속 쳐다봤어요. 반 아이들도 그랬고, 루브르에 온 사람들도 그랬고, 날 계속 쳐다봤다고요. 사라져 버리고 싶은 마음뿐이었어요."

카미유는 엄마에게 다리가 없는 고대 그리스의 조각상, 비너스상 이야기를 했다. 그리고 자크가 무슨 말을 했는지 말했다.

"그 애가 나더러 그… 뭐라나 하는 비너스상하고 가족이냐고 물었다니까요."

"밀로의 비너스 말이구나. 그렇다면 아주 아름다운 가족이네!"

파르제볼에서는 아무도 그런 식으로 카미유를 보지 않았다. 카미유는 거기서 태어났다. 두 다리, 두 눈, 두 귀가 있지만 팔은 없는 채로 태어난 아주 조그만 아기였다. 그랬다. 카미유는 파르제볼에서 자랐다. 거기서 학교에 다녔고, 인라인스케이트를 배웠다. 파르제볼에서는 사람들이 카미유를 보고 아무도 놀라지 않았다. 그곳에서는 카미유에게 팔이 없는 것을 마리아마의 까만 피부나, 줄리아의 가느다

랗게 찢어진 눈이나, 테오의 치열이 고른 이와 별반 다르지 않게 여겼다.

할머니 집이 있는 생-파르조로 휴가를 갔을 때도 사람들은 카미유를 이상하게 쳐다보지 않았다. 카미유는 11년 동안 그곳에서 크리스마스와 여름방학을 보냈었다. 사람들은 호숫가에서 노는 다른 아이를 눈여겨보지 않는 것처럼, 카미유도 눈여겨보지 않았다. 이따금 고속도로 휴게소에서 사람들이 카미유를 유심히 보는 건 사실이었다. 파르제볼이든 다른 곳이든 어디에나 지나가는 사람이나 관광객이 한 명쯤은 있었다. 그런 사람들은 카미유를 전혀 몰랐다. 그래서 카미유의 모습을 보고 깜짝 놀라 눈을 동그랗게 뜨고 카미유 뒤에서 수군거렸다. 그런 때에 카미유는 그곳의 풍경에 섞여 들지 못했다. 하지만 그런 일은 아주 드물었고, 그 순간은 순식간에 지나갔다.

"너를 쳐다보는 건 당연한 거야, 카미유. 익숙하지 않으니까. 그 아이들은 너 같은 여자아이를 본 게 처음이잖니."

"난 내가 팔이 없다는 사실을 잊고 있었어요." 카미유는 울음을 참으려고 이를 악물었다.

"얘야, 넌 파르제볼에서 살았던 때에서 벗어나지 못하고 있구나."

"그러면 안 되는 거예요?"

"나중에 네가 크면 여행을 다니게 되겠지. 다른 곳에서 사는 사람들을 알고 싶어 할 거고 말이야. 그때 네가 어디서 살게 될지, 어떤 직업을 갖게 될지 누가 알겠니. 사람들이 너를 바라보는 시선을 받아들여야 할 거야."

"나는 엄마랑 살고 싶어요."

엄마가 카미유의 빨강 머리를 쓰다듬었다.

"참고 기다려 봐, 카미유. 아이들에게 시간을 좀 줘 보렴. 내가 보기엔, 네 행동도 그 아이들과 별반 다르지 않아. 너한테 그걸 꼭 말해 주고 싶어."

"어떤 점이 같다는 거예요?"

"너도 새로운 것을 보면 깜짝 놀라잖아. 내가 처음으로 집에 여주를 가지고 왔을 때 기억나니? 그때 너는 여주를 보고 젤라틴 같다고 했잖아. 진한 콧물 같다고도 했었는데. 그런데 먹어 보고 나서는 아주 좋아하게 됐잖아."

카미유가 웃었다. 정말 그랬다. 여주라면 몇 킬로그램을 줘도 먹을 수 있을 만큼 좋아했다.

"로즐린 할머니네 토끼는 생각나니? 털이 짧고 귀가 아주 작았던 토끼 말이야. 처음에 너는 토끼가 가까이 오는 것도 싫어했어. 토끼 얼굴이 쥐같이 생겼고, 이상하다고 말이야. 그런데 두 주가 지난 뒤에는 매일 로즐린 할머니네 집으로 달려갔어. 토끼가 재미있게 생겼다면서 말이지."

"그런 일이 있었죠. 하지만 난 과일도 아니고, 토끼도 아니에요."

"너희 반 아이들이 보기에 너는 새로운 존재야. 밀로의 비너스와 가족처럼 보이는 새로우면서도 아름다운 존재란 말이다."

그때 갑자기 부엌에서 타는 냄새가 나기 시작했다.

카미유 엄마가 허둥지둥 냄비가 있는 쪽으로 달려갔다.

"오, 이런. 스파게티를 다 태울 뻔했네. 얘들아, 어서 먹자. 나는 서점에 다시 가 봐야 해."

오후에 카미유는 사라를 데리고 공원에 나갔다. 우울한 생각을 떨쳐 버리려면 어떻게 해야 할지 생각해 봤는데,

공원에 가는 것 말고는 달리 떠오르는 게 없었다. 카미유는 외투의 목깃에 붙은 벨크로 밴드를 단단히 붙였다. 외투를 입고 있으면 팔이 없는 것이 그다지 눈에 띄지 않았다.

카미유는 사람들이 또다시 자신을 뚫어지게 쳐다보는 것이 싫어서 사람이 많은 곳에서 멀찍이 떨어져서 나무 아래에 있었다. 사라는 밧줄을 붙잡고 놀이 기구를 기어 올라가더니, 밧줄에 매달려 소리를 질러 댔다. 카미유는 볼이 빨개질 정도로 신나게 놀고 있는 사라를 바라보았다.

그때 갑자기 개 한 마리가 카미유의 다리에 매달려 낑낑댔다. 작고 검은 개였다. 눈 주위에 털이 나 있고, 혀는 장밋빛이었다. 작은 개는 입에 공을 물고 있었다. '놀고 싶구나, 그렇지?' 카미유는 생각했다. 이렇게 작은 동물은 오로지 노는 데에만 관심이 있다. '넌 내가 팔이 없든 말든 관심이 없구나. 아니, 나도 너랑 놀고 싶으냐고 묻는 거야?'

카미유는 미소를 지었다. 사람들도 이 작은 개처럼 거리낌 없이 자신을 대해 주면 얼마나 좋을까 하고 생각했다.

카미유가 공을 발로 찼다. 공은 덤불이 있는 곳으로 굴러갔고, 개는 공을 따라 달려갔다. 그러고는 덤불 쪽에 서 있던 앨리스라는 여자아이 이름을 가진 같은 반 남자아이를 따라갔다. 카미유는 그 아이를 봤지만, 남자아이는 카미유를 보지 못했다. 다행이었다. 남자아이가 '조로! 얼른 집으로 돌아가자!'라고 외치는 소리가 들렸다.

암사자와 쥐

오늘 밤도 알리스는 잠을 이루지 못했다. 부모님은 모로코 축제에서 입을 옷을 만들어 달라는 주문을 받아서 밤늦은 시간까지 옷을 만드느라 바빴다. 옷에 진주알을 몇백 개나 달아야 하고, 천으로 리본과 꽃도 만들어 붙여야 했다. 새벽까지 재봉틀 돌아가는 소리가 멈추지 않았다. 알리스는 그 소리를 들으며 《드래곤 왕국》 8권을 다시 읽었다. 책 마지막 페이지에 광고가 실려 있었다. 샹플랭 출판사가 영상 경연 대회를 개최한다는 광고였다.

자크는 요즘 쉬는 시간만 되면 자기 일당에게 경연 대회 얘기를 했었다. 대회에 참가하려면 만화 《드래곤 왕국》

의 뒷이야기를 상상해서 만든 몇 분짜리 영상을 제출하면 되었다. 우승하면 일본에 가서 저자인 타미로 유주키를 만나게 해 준다고 광고에 나와 있었다. 생각하고 말 것도 없었다. 자크는 당장에 모험에 뛰어들었다. 알리스는 경연 대회에 꼭 참가하고 싶었지만, 영상을 찍을 줄도, 연기를 할 줄도 몰랐다. 반면 자크는 벌써 연극 동아리에서 활동하는 샤를린과 루이스를 끌어들였다. 그리고 자크 아빠는 쇼핑센터의 커다란 비디오 판매점에서 일하는데, 자크네 동아리에 엄청난 물건을 구해 줄 거라고 했다.

매일 아침 그랬던 것처럼, 다음날 알리스는 숨을 헐떡이며 5층까지 겨우 올라와서 맨 마지막으로 교실에 도착했다. 교실 문 앞에 서서 턱이 빠질 정도로 입을 크게 벌리고 하품을 하고 있었다.

"아주 힘들어 죽네…." 자크가 알리스를 제치고 먼저 교실로 들어갔다. 팔에 깁스를 했지만 그렇다고 몸놀림까지 둔해진 건 아니었다.

알리스는 교실에 들어서자마자 카미유가 어디에 있는지 찾았다. 아주 피곤했지만 지난밤에 카미유를 돕기로 했던 결심에는 변함이 없었다. 알리스는 세 번째 줄에 앉아 있는 카미유를 찾아냈다. 그런데 카미유의 책상이 좀 이상했다. 다른 아이들의 책상보다 더 넓으면서 더 낮았다. 책상다리를 톱으로 잘라 내 높이를 낮춘 것 같았다. 그리고 책상 위에는 악보대 비슷한 것이 놓여 있었다.

"모두들 앉아라." 선생님이 말했다.

카미유의 책상에는 의자도 없었다. 그런데 카미유에게는 그게 문제가 되지 않는 것 같았다. 전날처럼 카미유는 이를 이용해 겉옷을 벗었다. 벨크로 밴드가 단단하게 붙어 있는 가방을 재킷 위에 어깨에서 허리로 비스듬히 매고 있었는데, 앞니로 가방에 붙은 벨크로 밴드를 단번에 뜯어냈다. 알리스는 카미유가 책상 위에 가방 놓는 모습을 감탄하면서 지켜보았다. 카미유가 입으로 필통을 꺼내고 다시 스프링 노트를 꺼내더니 악보대 위에 올려 놓았다.

"오늘은 지난 시간에 이어서 라퐁텐 우화인 '사자와 생쥐'를 공부할 거다."

선생님이 책상 사이를 지나다니며 학습지를 나누어 주자, 카미유가 발을 탁 소리가 나게 바닥에 굴러 단번에 운동화를 벗더니 나머지 신발도 마저 벗었다. 그러고는 왼쪽 발로 오른쪽 양말을 마저 벗겨 내고 책상 위에 엉덩이를 걸치더니 빙그르르 몸을 돌려 책상다리를 하고 앉았다. 이번에는 엄지발가락 끝으로 공책을 펼친 다음, 발로는 필통을 붙잡고 입으로는 필통을 열어 펜을 꺼냈다. 그리고 엄지발가락과 검지 발가락 사이에 펜을 끼웠다. 그 모습을 보면서 알리스는 손가락마다 이름이 있는 것처럼 발가락에도 각각 이름이 있을까, 하고 생각했다. 물론 알리스로서는 확실히 알 수 없는 일이었다. 이제 카미유는 이로 펜 뚜껑을 열고 있었다. 이 모든 일을 끝내는 데 30초 정도밖에 걸리지 않았다.

모든 준비를 마친 카미유가 고개를 들고 선생님을 바라보며 열심히 선생님의 말을 들었다. 둘째 줄 뒤에 앉아서도 수업에 집중하는 학생은 카미유뿐이었다. 셋째 줄부터 여덟째 줄에 앉아 있던 아이는 모두 카미유를 보고 있었다.

“자, 수업을 시작하자! 압둘라, 내용을 읽어 주겠니?”

하지만 압둘라는 뚜껑 연 볼펜을 발가락에 끼우고 있는 카미유의 맨발을 보는 데 정신이 팔려서 선생님 말이 들리지 않았다. 카미유는 발을 손처럼 자유자재로 움직였다. 발이 손처럼 예쁘기도 했다. 가느다란 발가락은 손가락처럼 관절이 구부러졌다. 그리고 발가락 아래의 장밋빛 살은 고양이 발을 생각나게 했다. 발가락마다 각진 발톱이 있었다. 농담이 아니라 정말로 카미유는 발가락 사이에 볼펜을 끼워 잡고 있었다. 카미유는 발로 글을 쓸 참이었다.

"압둘라, 뭐 하는 거야? 어서 읽어 봐라."

"아, 네에, 선생님…. 그러니까… 음…, 사자와 생쥐. 우리는 모두 절대로 잊지 말아야 한다. 누구나 자기보다 작은 존재에게 도움받을 일이 많다는 것을."

"잘 읽었다. 그래, 이 말이 무슨 뜻이지?"

압둘라가 눈썹을 찡그리며 답을 생각해 내려고 애를 썼다.

"잘… 모르겠어요."

"누구 말해 볼 사람?"

교실이 쥐 죽은 듯 조용했다. 확실히 그랬다. 아이들은 관심이 온통 카미유에게 쏠려 있어서 사자와 생쥐를 생각할 틈이 없었다. 아직 카미유의 모습을 보지 못한 맨 앞의

두 줄에 앉은 아이들만 빼고.

“내가 다시 읽어 볼게. 우리는 모두 절대로 잊지 말아야 한다. 누구나 자기보다 작은 존재에게 도움받을 일이 많다는 것을. 그래, 오렐리앙. 대답해 봐라.”

오렐리앙은 걸어 다니는 사전이라고 불릴 만큼 사전을 좋아한다. 게다가 맨 첫 줄에 앉아 있었다. 뒤통수에 눈이 달린 것도 아니어서 자기 등 뒤에서 무슨 일이 일어나고 있는지 전혀 알지 못했다.

“이 말은 다른 사람이 우리를 돕게 해야 한다는 뜻입니다.”

“그런데 어떻게 그렇게 할 수 있지? 어떻게 하면 누군가가 우리를 돕지 않겠다고 거절할 수 없게 할 수 있을까? 아르튀르가 말해 볼래?”

아르튀르가 머리를 긁적였다.

“그러니까… 그 사람에게 선택권을 주지 않으면 되지 않을까요….”

“이를테면 어떻게?”

“억지로 하게 만드는 거예요. 그 사람을 때리면 되지

않을까요?"

반 전체가 소란스러워졌다. 선생님이 고개를 저었다.

"흐음…, '강요하다'라는 낱말은 상대가 나에게 복수하는 것 말고는 다른 선택지가 없게 하는 방식으로 다른 사람을 대하는 것을 뜻한단다. 만약 네가 누군가를 잘 대해 준다면, 그 사람은 너에게 보답을 할 거야. 이건 폭력과는 아무런 상관이 없지. 가는 말이 고와야 오는 말이 고운 법이란다. 상대방을 너에게 '은혜를 입은 사람'이 되게 해야 해. 그러면 그 사람은 네가 도와 달라고 할 때 거절할 수가 없게 된단다. 알겠니?"

아무도 대답하지 않았다.

"그러니까 누구든 잘 도와줘야 한다는 거야. 절대 도움받을 일이 없을 거라고 생각되는 사람이더라도 말이다." 선생님이 강조하여 말했다.

"그러니까 제 남동생처럼요?"

"예를 들어…, 라 퐁텐이 '자신보다 작은 존재'라고 부르는 사람들 말이다."

카미유는 선생님이 하는 말을 귀 기울여 듣고 있었다.

루브르 박물관에 있는 조각상처럼 꼼짝하지 않았다. 알리스는 선생님이 하는 말을 들으면서도 카미유에게서 눈을 떼지 않았다. 카미유의 움직임을 한순간도 놓치고 싶지 않았다. 발을 손처럼 사용하는 카미유가 어떻게 발로 글을 쓰는지 보고 싶었다. 그건 다른 아이들도 마찬가지였다.

"그렇다면 '자신보다 작은 존재'는 누구를 말하는 걸까? 자크가 말해 볼래?"

자크가 어깨를 으쓱했다.

"어…, 아르튀르의 남동생? 아이들이 아닐까요?"

"사자와 생쥐에 아이들이 나오니?"

"아니요."

"그럼 이 우화의 제목을 잘 생각해 봐라. 우화에서 작은 건 누구지?"

"생쥐요."

"생쥐는 뭐가 작을까?"

"키가 작아요."

"키만 작니?"

"발도 작아요."

"그것 말고는?"

"모든 게 작아요. 귀, 이빨, 꼬리, 창자까지 모두 다요."

"그럼 결국 사자한테는 있는데, 생쥐한테는 없는 것은 뭐지?"

자크가 한숨을 내쉬었다.

"사자한테는 있는데 생쥐한테는 없는 것은…, 사자한테는 있는데 생쥐한테는 없는 것은…, 잘 모르겠어요. 갈기인가요?"

아이들이 와 하고 웃었다. 심지어 알리스조차 그 순간만큼은 카미유에게서 고개를 돌렸다.

"좀 더 넓게 봐야지. 그러다 사자와 생쥐의 신체 부위를 하나씩 다 말하겠구나. 그러지 말고, 생쥐에게는 작은데 사자에게 큰 것은 뭐지? 카미유가 말해 볼래?"

맨 앞줄에 앉은 아이들이 일제히 카미유 쪽으로 고개를 돌렸다. 그 아이들은 그제야 책상 위에 앉아 있는 여자애를 보게 되었다. 카미유가 발레리나처럼 다리를 관자놀이까지 치켜올리고, 발가락에 스카치테이프를 붙인 것처럼 볼펜을 단단히 끼워 잡고 있었다. 아이들은 손을 드는데, 카미유는 발을 들어서 발표하겠다는 의사 표현을 했다.

"생쥐에게는 작고, 사자에게 큰 것은 힘이에요. 생쥐는 동물의 왕인 사자보다 힘이 약해요. 그래도 언젠가는 사자에게 생쥐의 도움이 필요한 날이 있을 거예요." 카미유가 대답했다.

"정확한 대답이야, 카미유. 그러니까 어떤 경우에 그런 일이…."

선생님이 교탁을 자로 탁 쳤다.

"오, 얘들아, 지금 내 말 듣고 있니?"

압둘라는 어찌어찌 우화의 내용을 이해했다. 압둘라가 이해한 대로 요약하자면 이렇다. 이 우화는 쥐구멍에서 나온 생쥐가 사자에게 붙잡히게 되는 이야기다. 재수도 없지. 동물 중에서 가장 힘이 센 사자는 생쥐를 단번에 삼켜 버릴 수 있었지만, 생쥐를 살려 주었다. 교활한 사자는 겉보기에는 생쥐가 자신보다 훨씬 힘이 약하지만, 언젠가 생쥐의 도움이 필요한 때가 올 것이라고 생각했을 것이다. 그리고 이제 생쥐는 사자에게 목숨을 빚졌으니까 나중에 사자가 도움을 청하면 거절할 수 없을 것이다.

얼마 뒤에 마침 사자는 사냥꾼이 놓은 그물에 걸리고 말았다. 꼼짝없이 잡힌 신세가 되었다. 몸부림을 치면 칠수록 그물이 사자의 몸을 더 단단히 얽었다. 간단히 말하자면 압둘라의 말이 맞는다. 사자는 교활하다. 그래서 생쥐를 불렀다. 생쥐는 힘이 약하지만, 그물을 물어뜯을 수는 있으니까. 즉 사자를 그물에서 빠져나오게 할 수 있었다. 생쥐는 사자가 자기 목숨을 살려 주었던 일을 기억하고 있었기 때문에 사자가 도와 달라고 할 때 거절할 수 없었다. 그래서 그물코를 쏠아서 사자를 풀어 주었다.

선생님이 칠판에 '낱말'이라고 크게 썼다. 그런 다음 여러 낱말의 뜻을 죽 써 내려갔다. 카미유가 말없이 공책에 베껴 썼다. 발가락 사이에 펜을 끼우고 스프링 노트에 글씨를 썼다. 카미유가 글씨를 쓸 때 이리저리 흔들리는 볼펜, 공책의 왼쪽에서 오른쪽으로 움직이는 발을 알리스는 유심히 바라보았다. 공책을 가까이에서 들여다보고 싶었다. 어떻게 글을 쓰고 있는지 보고 싶었다. 오른팔에 깁스를 한 자크도 카미유를 힐끗거리며 몰래 보고 있었다.

자크의 바로 뒤에 앉아 있던 알리스는 자크가 왼손으로

글씨를 쓰려고 안간힘을 쓰는 것을 보았다. 하지만 흰 것은 종이요, 검은 것은 잉크 얼룩일 뿐이었다. 자크가 쓴 것은 글자가 아니었다. 그냥 보기 싫게 번진 잉크 똥이었다. 다시 써 봐도 읽을 수 있는 글자가 없었다. 자크는 포기하고 한숨을 내쉬었다.

수업이 끝나자 카미유가 모든 도구를 입과 이와 발가락을 사용해 정리하더니, 다시 양말을 신고 신발을 신었다. 그러고는 교실을 가로질러 자크에게 다가가 자신의 스프링 노트를 자크의 앞에 놓았다.

"내 노트 필기를 뜯어가고 싶으면 뜯어가. 내가 두 장을 썼어. 한 장은 내 거고, 한 장은 너 보라고 쓴 거야. 넌 팔에 깁스를 했잖아."

알리스는 깜짝 놀랐다. 자크는 어제 카미유에게 상처 주는 말을 했었다. 그런데 카미유는 아무 일도 없었다는 듯 수업 내용을 필기한 노트를 자크에게 주었다. 이 여자애는 자크에게 아무런 앙심도 품지 않은 건가!

카미유가 빈정거리는 미소를 지으며 자크가 왼손으로 쓴 삐뚤빼뚤한 글씨를 턱으로 가리켰다.

"넌 왼손잡이가 아니잖아. 안 그래?"

알리스는 카미유의 노트를 슬쩍 넘겨다보았다. 글씨가 깔끔했다. 어떻게 저렇게 깔끔하게 쓸 수 있을까? 알리스는 기분이 상했다. 어젯밤에 알리스는 카미유가 할 수 없는 일을 하나하나 헤아려 보았다. 카미유를 도와주고 위험한 상황에서 구해 주겠다고 단단히 마음먹고 학교에 왔다. 자신이 우리와는 다른 여자애의 영웅이 되는 모습을 기대하고 있었는데, 그 기대가 완전히 깨지고 말았다.

"난 너한테 뭘 부탁한 적 없는데." 자크가 교과서를 덮으면서 차갑게 말했다. 자크는 알리스보다 더 기분이 상해 있었다. 기분 나쁜 내색이 얼굴에 그대로 드러났다. 이 여자애는 자신을 뭐라고 생각하는 걸까?

"나는 네 생쥐가 아니야. 내가 너한테 신세를 졌으니 나중에 갚아야 한다는 생각은 절대로 하지 마. 나는 그러겠다고 한 적 없어."

"알겠어…." 카미유가 당황해하며 대답했다.

"어…, 혹시 네가 필기한 거, 내가 가져도 될까?" 알리스가 우물쭈물하며 물었다. 기분이 상한 건 사실이지만, 그런 감정과 상관없이 알리스는 카미유가 대단하다고 생각했다. 카미유의 초록색 눈동자를 빤히 쳐다보면서 알리스가 소심하게 웃었다.

"글을 쓸 수는 있는데…, 내가 워낙 글씨를 못 써서…."

"아…, 그래. 가져가고 싶으면 가져가."

알리스는 노트를 뜯어 냈다. 그리고 멀어져 가는 카미유의 뒷모습을 바라보았다. 카미유가 기다란 빨간 머리칼을 나풀거리면서 가방을 어깨에 사선으로 멘 채 텅 빈 소매를 펄럭거리며 걸어가고 있었다. 알리스는 카미유에게 '은혜를 입은 사람'이 되고 싶었다. 그러니까 카미유에게 '갚을 빚이 있는 사람'이 되고 싶었다. 자기는 우화에 나오는 생쥐이고, 카미유는 갈기가 있는 암사자이면 좋겠다고 생각했다. 알리스는 아직 잘 모르고 있었지만, 이미 카미유가 알리스의 심장을 물어뜯기 시작한 것이다.

카미유에게 알리스의 도움이 필요한 순간은 상상도 하지 못했을 정도로 빨리 찾아왔다. 프랑스어 선생님이 레나에게 카미유를 구내식당에 데려가라고 했는데, 레나는 배가 아파서 양호실에 가야 했다. 알리스는 얼른 자신이 레나

대신 카미유를 데려가겠다고 나섰다.

구내식당에 간 알리스와 카미유는 나란히 줄을 섰다. 식당 안은 뜨거운 기름 냄새와 구운 고기 냄새로 가득했다.

"오늘 메뉴는 감자튀김을 곁들인 스테이크네! 좋았어!" 압둘라가 신이 나서 말했다.

카미유가 자기 신발 끝만 보고 있었다. 구내식당 안은 아이들로 북적대고 있었다. 이렇게 많은 사람이 북적대는 식당에 있는 것이 카미유로서는 난생처음 있는 일이었다. 줄을 선 아이들이 웅성거리면서 자신을 쳐다보고 수군거리는 것을 카미유도 느낌으로 알고 있었다.

알리스가 식판을 집어 들더니, 유리잔과 포크, 나이프 등을 차례로 집었다. 그러면서 속으로 궁금해했다. 카미유가 이로 접시를 잡을 수 있을까? 설마하니 그게 가능할까? 불가능할 것 같았다. 플라스틱 용기 안에 든 숟가락이나 포크를 입으로 물고 있으면, 다른 식기 위로 침이 떨어질 텐데. 아무리 생각해도 그건 좋은 방법이 아니었다. 그래서 조심스레 물어보았다.

"내가 도와줄까?"

"그러는 게 낫겠어. 좀 도와줘. 고마워."

알리스는 식판을 하나 더 집어 들었다. 먹을 때도 도와줘야 할까? 그건 좀 망설여졌다. 그것만 아니라면, 그것만 아니라면 좋겠는데, 하고 알리스는 생각했다.

"순무를 먹을래, 옥수수를 먹을래?"

"순무."

"복숭아 통조림? 아니면 요거트?"

"요거트."

"감자튀김을 곁들인 스테이크 먹을 거야?"

"먹을 거야. 빵도 좀 줄래."

"저쪽으로 가자. 네 식판은 내가 가져다줄게. 그런 다음에 내 것을 가져오면 돼."

"기왕이면 구석 자리에 앉고 싶어."

알리스는 좀 멀리 있는 테이블을 골라 카미유를 데려다주고 자기 식판을 가지러 갔다. 식판을 가지고 돌아와 보니, 압둘라와 아르튀르, 그리고 같은 반 여자아이들이 카미유를 빙 둘러싸고 앉아 있었다. 아이들 모두 여느 아이들과는 다른 카미유가 어떻게 밥을 먹는지 궁금해서 미칠 지경인 얼굴이었다.

카미유가 식판 위에 놓인 컵을 쳐다보았다. 구내식당에서 흔하게 볼 수 있는 작은 유리컵이었다. 카미유가 가만히 고개를 저었다.

“나는 이 컵으로는 마실 수가 없어. 식당에 굽 달린 잔이 있을까? 아니면 빨대가 있을까?”

“굽 달린 잔이라고? 어떻게 생긴 건데?”

“와인 잔 같은 것 말이야. 그런 거라면 내가 발로 잡을 수 있거든. 와인 잔을 굽 달린 잔이라고 불러.”

알리스는 부엌으로 달려갔다. 73킬로그램의 몸으로 의자가 어지럽게 흩어져 있는 통로를 이리저리 헤치고 가자니 더워서 땀이 났다. 하지만 알리스는 아랑곳하지 않았다. 자신에게는 임무가 있으니까. 알리스는 이제 영웅이었다. 그랬다. 벌새만큼이나 몸이 가벼웠다.

잠시 후 알리스가 의기양양하게 돌아왔다.

“찾았어!”

카미유가 테이블 위에 맨발을 올려놓으려고 했다. 테이블이 꽤 높았다.

"내가 유연해서 다행이야."

카미유의 가냘픈 맨발이 다시 등장했다. 손을 닮은 발이었다. 카미유가 수업 시간에 펜을 잡았을 때처럼 두 발가락 사이에 컵을 끼워 잡은 다음, 입으로 컵을 가져갔다.

카미유는 자기 행동 하나하나를 유심히 보고 있는 아이들을 일부러 못 본 척했다. 눈길을 스테이크에만 둔 채 아이들을 향해 "너희도 점심 맛있게 먹어!"라고 아무렇지도 않은 척 말했다. 그리고 아이들이 제발 각자 자신의 접시에 놓인 감자튀김에 집중해 주기를 바랐다.

카미유는 오전에 노트에 필기할 때처럼 아주 수월하게 포크로 감자튀김을 찍었다. 아이들은 카미유가 먹는 모습을 보고 있었다. 카미유가 빵을 찢고, 감자튀김을 끝부분부터 조금씩 먹는 모습을 바라보았다. 카미유가 먹는 것을 눈으로 먹고 있었다. 누군가 말하는 소리가 들렸다.

"구역질이 나려고 한다. 테이블에 발을 올려놓다니."

그 말에 대답하는 소리도 들렸다.

"그런 소리 하지 마. 저 여자애가 얼마나 강한지 네 눈으로 보지 않았어?"

이제 여기저기서 말하는 소리가 들렸다. 여러 말소리가 섞여서 제대로 들리지는 않았다. 주로 2학년과 3학년 선배들의 목소리였다. 카미유는 그 말을 애써 무시하고 마요네즈를 찍은 감자튀김에만 관심을 가지려고 노력했다.

"발을 테이블에 올려놓으면 테이블에서 발 냄새가 난다고."

"우웩!"

"저것 봐, 쟤가 주스를 마셔! 발로 주스를 마신다고! 괴상해!"

"우와…, 어쨌든 난 쟤 옆에서 밥 먹고 싶지 않아."

"나도 그래. 보는 건 몰라도."

"모두가 쟤를 쳐다보고 있어…."

"쟤는 발가락으로 코딱지도 팔 수 있을 것 같지 않냐?"

"뭔들 못하겠니."

"너흰 왜 이렇게 난리냐."

"넌 몸이 너무 뻣뻣해서 손으로 발목도 못 잡을걸."

"쟤, 자전거도 탈 수 있을 것 같으냐?"

"비디오 게임은 할 수 있을까?"

"얘들아, 다들 조용히 좀 해."

이 말을 한 사람은 점심 감독 선생님이었다. 선생님은 입술에 검지를 대 보이며 조용히 하라는 신호를 보냈다.

"좀 조용히 해라."

하지만 카미유를 보더니 선생님도 눈을 떼지 못했다. 한동안 구내식당 전체가 그릇 부딪치는 소리 하나 들리지 않고 조용했다.

카미유는 머릿속으로 조개껍데기가 나오는 시를 지었다. 독자 여러분은 모두 그 시를 알고 있다.

"알리스, 내 고기 좀 썰어 줄래? 칼질은 내가 좀 서툴러서 그래. 게다가 이렇게 테이블이 높을 때는 더 그래." 카미유가 작은 소리로 속삭였다.

알리스는 카미유가 해 달라는 대로 했다. 알리스는 생쥐고, 카미유는 암사자였다. 카미유라는 암사자의 생쥐가 된 것이 알리스는 자랑스러웠다. 알리스는 지금까지 한 번도 다른 사람의 고기를 썰어 본 적이 없었다. 심지어 여동생인 귈레이에게조차도.

알리스는 밥을 먹고 있는 카미유를 바라보았다. 카미유

가 발가락 사이에 빵조각을 끼워 접시의 소스를 깨끗하게 닦아 먹었다. 그러고는 종이 냅킨으로 입까지 싹 닦았다. 알리스가 요거트 뚜껑을 따 주자, 카미유가 요거트 그릇에 숟가락을 담갔다. 알리스는 카미유가 어디에서 왔는지, 팔은 어쩌다 그렇게 됐는지 알고 싶었다.

카미유는 아이들이 자기 주변으로 모여들어서 자기만 쳐다보고 수군거리며 한마디씩 하는 것이 지긋지긋했다. 아이들의 관심이 모두 자기에게 쏠리는 것이 끔찍하게 싫었다. 다 그만두고 싶었다. 머릿속에서는 '그만! 다들 밥이나 먹어. 알리스, 너도 먹어. 먹으면서 말을 걸라고.'라고 소리치고 있었다. 아이들에게 이렇게 말하고 싶었다. '여기로 전학 오기 전에 그랬던 것처럼, 나는 너희들과 함께 있고 싶고, 너희들 가운데 섞여 있고 싶고, 너희들과 똑같은 학생이 되고 싶다고!' 하지만 입이 떨어지지 않았다.

카미유는 지금의 분위기가 싹 바뀌면 좋겠다고 간절히 바랐다. 아이들이 어서 자기 모습에 익숙해지기를 바랐다. 오래도록 새로 전학 온 누군가가 되고 싶지는 않았다.

카미유는 숨을 크게 내쉰 다음 고개를 들었다. 발을 내리고 신발을 다시 신더니 용감하게 한마디 던졌다.

"너희들은 크리스마스 방학 동안 뭐 했어?"

아이들은 갑자기 날아든 질문에 당황했다. 아이들은 이 이상한 여자애가 하는 건 전부 다 기이하다고 생각하고 있었다. 발로 밥 먹기, 발로 마시기, 발로 글씨 쓰기 같은 것들 말이다. 이 이상한 여자애가 이런 일상적인 질문을 던질 것이라고는 전혀 생각하지 못했다.

아르튀르가 자기 접시를 옆으로 치우며 말했다.

"나는 브르타뉴에 있는 할머니네 집에 갔다 왔어. 크리스마스 방학 때는 늘 그렇게 해."

"난 아무것도 하지 않았어. 특별한 건 없었는데." 알리스가 대답했다.

"나도…."

"난 사촌이 일주일 동안 우리 집에 와 있었어."

"나는 그림을 배우러 다녔어."

"나는 아빠네 집에 가 있었어."

"너네 아빠는 어디 사는데?"

"아빠는 동부에 있는 뮐루즈에 살아. 거긴 춥고 눈이

많이 내려."

"카미유, 너는?" 압둘라가 카미유에게 물었다.

"나는 이사를 했어."

"전에는 어디서 살았어?"

"파르제볼에 살았어."

"여기서 먼 곳이야?"

"멀어. 엄마가 직업을 바꾸는 바람에 여기로 이사를 하게 되었어."

"난 이사는 하고 싶지 않아."

"특히 학기 중에는 더 그렇지."

"당연하지. 이사해 봐. 그럼 친구도 없지, 축구 클럽도 없어지지. 모든 게 다…."

"너, 친구들도 보고 싶고, 전에 다니던 학교도 그리워?"

"축구 클럽은 그립지 않아?" 아르튀르가 농담을 했다.

"물론이야. 친구들이 정말 보고 싶어. 파르제볼의 모든 게 다 그리워." 카미유가 웃으며 대답했다.

종이 울렸다. 카미유는 처음 구내식당에 들어섰을 때보다 숨쉬기가 훨씬 더 수월해진 느낌이 들었다. 10분 전까지만 해도 카미유는 그냥 팔이 없는 아이였다. 그런데 잠시 아이들은 그런 사실을 다 잊어 버렸다. 잠깐이었지만, 카미유는 그냥 새로 전학 온 아이였다. 먼 데서 이사를 왔고, 예전 친구들을 보고 싶어 하는 여자아이일 뿐이었다.

포도송이 같은 눈알들

카미유가 바라는 건 '그냥' 새로 전학 온 아이로 보여지는 것이었다. 하지만 늘 카미유는 신기한 구경거리였고, 그건 어쩔 수 없는 일이었다. 숨기, 다른 아이를 흉내 내기, 다른 아이들처럼 카드놀이 하기, 다른 아이들처럼 쉬는 시간에 시험공부 하기, 다른 아이들처럼 간식을 나눠 먹는 일에 카미유는 늘 열심이었다. 그러나 다른 아이들처럼 하고 있다고 생각하는 순간에도 카미유는 늘 외따로 있었다.

카미유는 완전히 특별한 존재였다. 카드놀이를 할 때 카미유는 발가락 사이에 카드를 끼웠다. 발가락에 펜을 끼우고 글을 썼고, 발가락으로 비스킷을 먹었다. 아이들은 카미유를 쳐다보고, 쳐다보고, 또 쳐다보고, 계속 쳐다봤다. 카미유가 아이들에게 뭘 좀 도와 달라고 할 때나 카미유는 그 시선에서 벗어나 한숨 돌릴 수 있었다. 아이들은 카미유의 수학 노트에 자와 직각자를 대고 도형을 그려 주었고, 컴퍼스로 원을 그려 주었으며, 사과를 네 쪽으로 잘라서 접시에 놓아 주었다. 그러는 동안에는 그 일에 집중하느라 카미유를 쳐다볼 새가 없었고, 카미유는 잠시나마 편안해졌다. 그 밖의 시간에는 끊임없이 아이들의 시선을 끌었다.

밤이 되어 자기 방에 혼자 있게 되면 카미유는 우울한 기분이 한꺼번에 밀려드는 걸 느꼈다. 벽이 자신을 쳐다보는 것 같았고, 천장에도 눈이 달려 있는 것 같았다. 블라인드와 책상, 의자가 어둠 속에서 자신을 바라보고 있었다. 이사를 온 뒤로 학교에서, 거리에서, 어디에서나 사람들이 자신을 쳐다보는 것처럼, 혼자 방에 있어도 누군가가 쳐다보는 것 같았다.

심지어 잠잘 때도 포도알처럼 빽빽이 들러붙어 송이를 이룬 눈알이 자신을 쳐다보는 악몽을 꾸었다. 송이를 이룬 몇백 개의 눈알이 춤을 추다가 점점 커지고 또 커지더니,

급기야 터지고 뭉개지는 꿈을 꾸었다. 그러다 땀에 흠뻑 젖어 깨어나곤 했고, 그 뒤에도 가슴이 마구 뛰었다. 그럴 때마다 카미유는 방문을 열고 야옹이를 들어오게 했다. 그러면 야옹이는 카미유 옆에 몸을 동그랗게 말고 누웠다. 야옹이 덕분에 잠시나마 끔찍한 환영을 쫓을 수 있었다.

화요일 아침 7시 40분, 카미유는 가방을 사선으로 메고 단단히 무장한 채 현관문 앞에서 서 있었다. 마치 몸이 굳은 것 같았다. 턱이 덜덜 떨리고, 숨이 점점 가빠왔다. 카미유는 문턱을 넘을지 말지 망설이고 있었다.

카미유 엄마가 욕실에서 즐겁게 휘파람을 불고 있었다.
“얘들아, 날씨가 너무 좋구나. 햇빛도 좋고, 차가운 공기도 좋고, 환하게 빛나는 여러 가지 색깔도 너무 좋구나.”

카미유는 날씨가 눈에 들어오지 않았다. 어젯밤에는 포도송이 같은 눈알들 때문에 잠도 오지 않았다.

“오늘은 무슨 수업이 있니, 카미유?” 엄마가 노래하는 듯한 억양으로 물었다.

“수학, 프랑스어, 지리…. 정확히는 잘 몰라. 그리고 눈알 송이가 있지.” 카미유가 중얼거렸다.

"뭐가 있다고?"

"아무것도 아니야."

카미유는 문을 쾅 닫고 다리를 질질 끌면서 계단을 내려갔다.

화요일에는 체육 수업이 있다. 오늘 수업은 클라이밍이다. 알리스는 카미유와 나란히 체육관 구석에 앉아 있었다. 팔에 깁스를 한 자크도 두 아이와 좀 떨어져서 혼자 앉아 있었다. 알리스는 자크를 본 체도 하지 않았다. 아니, 일부러 무관심한 척했을 수도 있다. 자크가 조르단느와 주고받는 몸짓을 보는 것만으로도 체육 시간 내내 벤치에 앉아 있어야 하는 뚱뚱한 남자아이를 비웃고 있다는 걸 알 수 있었기 때문이다.

마침 압둘라가 힘들이지 않고 벽에 박힌 돌을 차례차례 옮겨 잡으며 벽을 기어오르고 있었다. 오른팔과 왼쪽 다리가 올라가고, 다음에는 왼팔과 오른쪽 다리가 올라갔다. 비대칭으로 몸을 움직이는 춤을 보고 있는 것 같았다. 그 모습만 보면 별로 어려울 것이 없어 보였다. 알리스는 압둘라가 클라이밍 하는 모습을 감탄하면서 바라보았다.

“압둘라는 손바닥 안에 자석이 들어 있나 봐. 그런 생각이 들지 않아? 아니면 손에 흡착판이 있든가. 파리처럼 말이야.” 알리스가 말했다.

“정말 그런 것 같네.” 카미유가 인정한다는 듯 고개를 끄덕이더니 물었다. “알리스, 넌 체육 수업을 안 하니?”

알리스가 괴롭다는 표정을 지으며 한숨을 내쉬었다.

“아주 안 하는 건 아니야. 너는 어때? 계속 여기 앉아 있는 게 좋아?”

“난 구경하는 거 좋아해. 이번에는 내가 아이들을 구경해 보려고.”

사실 모두가 카미유를 구경하고 있었다. 항상 그랬다. 알리스도 늘 카미유를 보고 있었다. 그건 비너스를 닮은 팔이 없는 몸 때문만은 아니었다. 빨간 머리와 에메랄드 빛 눈 때문이기도 했다. 어쨌든 알리스는 카미유가 얼마나 괴로울지 이해가 됐다. 사람들은 몸뚱이가 하마 같은 알리스조차 카미유를 쳐다보듯 그렇게 보지는 않았다.

“체육 수업에 빠지는 대신 해야 하는 자습도 없어?”

알리스가 어깨를 으쓱했다.

"사실은 체육 수업을 안 해도 된다는 허락을 받지 못했어. 그러니까 계속 빠질 수는 없어. 의사 선생님이 한마디만 해 주면 그렇게 할 수도 있을 텐데. 그래도 오늘은 체육 선생님이 스스로 내가 벽을 기어오를 수는 없을 거라고 판단하신 거야."

이 순간만큼은 카미유와 자기가 서로 닮은 데가 있다는 생각에 알리스는 기분이 좋았다. 둘 다 체육 수업을 할 수 없다는 점이 닮았다. 물론 자신은 너무 뚱뚱해서 못하는 것이고, 카미유는 팔이 없어서 못하는 것이어서 이유가 다르기는 했다. 그래서 오늘은 자신이 사자인 것도 같고, 생쥐인 것도 같았다. 창피한 것도 평소보다 훨씬 덜했다.

알리스는 카미유와 자신으로 이루어진 작고 이상한 동아리에 자크는 들어올 수 없다고 생각했다. 그 녀석은 어쩌다가 한 번 수업에 빠지는 것뿐이었다. 사고로 잠깐 깁스를 한 거니까 알리스나 카미유와 같을 수는 없었다. 알리스가 주머니에서 하리보 젤리를 꺼냈다.

"이거 먹을래?"

"응, 나 하리보 젤리 좋아해."

카미유가 환하게 미소를 지으면, 이상하게도 얼굴 전체에서 빛이 났다. 알리스는 빛으로 가득 찬 카미유의 얼굴을 물끄러미 바라보다가 카미유에게 젤리를 내밀었다.

"어, 젤리를 어떻게 줄까?"

"내 입에 넣어 줘."

젤리를 입에 넣어 줄 때 카미유의 입술에 손가락이 스치자, 알리스는 묘한 기분이 들었다. 카미유의 입술은 알리스가 입에 넣어 준 악어 모양 젤리의 하얀색 배 부분처럼 부드럽고 폭신했다. 하리보 젤리가 카미유의 입에 들어가자, 알리스는 불에 덴 것처럼 화들짝 놀라며 손가락을 뗐다.

"자크는 안 줄 거니?" 카미유가 턱짓으로 자크를 가리키며 물었다.

"안 줄 거야. 괜히 나서서 자극할 필요 없어."

"둘이 전쟁이라도 하는 거야?"

"농담하지 마."

카미유와 알리스는 하리보 젤리를 먹으며 반 아이들이

기어오르고, 뛰어내리고, 손부채를 부치고, 서로 잘하라며 격려하고, 헐떡이는 모습을 구경했다. 어떤 아이는 너무 높고 힘들다며 불평을 했고, 누군가는 잡을 곳을 찾지 못해 어쩔 줄 몰라 했다. 어떤 아이는 벌써 암벽 꼭대기까지 올라가 있었다. 레나는 손가락으로 승리의 V자를 만들어 보이며 압둘라 맞은편에서 몸을 좌우로 흔들었다. 압둘라는 알리스와 카미유 쪽을 향해 손을 흔들더니 바닥에 깔려 있는 스티로폼 매트리스 위로 뛰어내렸다.

알리스는 조용히 앉아 젤리를 먹으며 암벽 등반을 하는 아이들을 보고 있었다. 카미유가 옆에 있어서 마음이 느긋해지고 자신감이 생겼다. 자신이 여자아이와 함께 있는 영화 속 주인공이 된 것 같았다. 지금은 알리스만의 카미유였다. 그리고 알리스에게는 딸기 맛 젤리, 바나나 맛 젤리, 악어 젤리가 있었다.

"알리스, 너 탁구 할 줄 알아?"

"아니."

"나도 할 줄 몰라. 저기 뒤쪽에 탁구대가 있어. 보이지?"

알리스가 뒤돌아보았다. 정말로 쌓여 있는 매트리스 더미 옆에 탁구대가 있었다.

"따라와."

"어딜?"

"탁구대가 있는 곳에 가 보자고."

"뭐 하려고?"

"탁구 하러 가지, 뭐 하러 가겠냐?"

"탁구를 한다고? 누가?"

"누구겠어? 우리 둘이 하지."

"너랑 나랑?"

카미유가 눈을 치켜떴다.

"우리 말고 다른 사람이 있어?"

"하지만 넌…."

알리스는 보이지 않는 무엇인가의 무게를 가늠해 보고 있었다.

"나는 입으로 라켓을 물 거야."

알리스는 숨이 막힐 정도로 놀랐다.

"뭐라고?"

카미유가 웃으며 말했다.

"너 이브라힘 하마토 몰라?"

"모르는데…."

"이브라힘 하마토는 패럴림픽에서 우승한 이집트 선수야."

"패러… 뭐?"

"패럴림픽! 나같이 장애가 있는 사람들이 참가하는 올림픽이야. 하지만 난 그런 데 나갈 정도로 잘하는 건 아니야. 이브라힘 하마토도 팔이 없어. 라켓을 입에 물고 경기를 해. 엄청 세."

"그럼…, 넌 이브라힘인가 하는 선수가 되고 싶은 거야, 지금?"

"맞아!"

알리스가 눈살을 찌푸렸다.

"HG는 우리가 다른 데로 가는 걸 싫어할걸."

HG는 체육 선생님의 별명이다. 핸섬 가이의 줄임말이다. 체육 선생님은 자신의 완벽한 근육이 잘 드러나도록 몸에 딱 붙는 티셔츠만 입었다. 그리고 사계절 내내 구릿빛으로 썬탠을 했다. 게다가 치약 광고에 나와도 될 만큼 이가 하얬고, 말을 듣지 않는 머리칼에 젤을 덕지덕지 발라 뒤로 넘기는 스페인 투우사 같은 헤어스타일을 하고 있었다. 아이들에게는 무척 엄했다. 알리스에게 체육 수업에 참여하라고 강요하지 않는 건 맞지만, 대신 반드시 선생님이 하라는 대로 해야 했다. 조금 전에도 알리스에게 '여기에 앉아 있어.'라고 명령했다. 그 말은 움직이지 말라는 말이나 다름없었다.

알리스는 절대 무모한 행동을 하지 않는 성격이다. 혼나고 싶지 않았다. 그래서 무조건 선생님 앞에서 자세를 낮추고 하라는 대로 해 왔다. 선생님이 자신을 싫어하면 큰일이라고 생각했다.

"하자. 꼭 하고 싶어." 카미유가 계속 졸라 댔다.

카미유가 애원하듯이 입을 삐죽거리면 들어주지 않고 배길 도리가 없었다. 알리스는 그러겠다고 하고 카미유를 따라갔다.

"저기 봐! 바닥에 라켓이 있다. 탁구공도 있어."

"너 진심이야? 정말로 탁구를 하고 싶은 거야?"

"그렇다니까."

알리스가 라켓을 건네자, 카미유가 라켓을 입에 물었다. 알리스는 라켓 잡는 법을 몰랐다. 어떻게든 되겠지 하는 심정으로 라켓을 '프라이팬이다'라고 생각하면서 프라이팬을 쥐듯 잡았다.

알리스는 열 번이나 연거푸 라켓에 공을 대 보지도 못하고 헛스윙만 했다. 열한 번째에야 겨우 라켓으로 공을 쳐서 날려 보내기는 했지만, 결국 공은 카미유에게서 멀찍이 떨어진 곳으로 빗나가 탁구대 밑으로 굴러 들어갔다. 알리스는 공을 주워 가지고 나와서 다시 라켓으로 쳤고, 마침내 공이 네트의 반대편으로 날아갔다. 이번에는 카미유가 날아온 공을 놓쳤다. 알리스는 또다시 열 번이나 서브에 실패했다. 라켓에 구멍이라도 뚫린 것 같았다. 공이 탁구대 밖으로 날아가거나 네트에 맞고 떨어졌다.

결국 알리스는 공을 손으로 던졌다. 그랬더니 공이 정확하게 카미유 앞으로 날아갔고, 곧바로 카미유가 공을 향해 튀어 올랐다. 카미유는 오른쪽, 왼쪽으로 턱을 움직였지만, 공을 받아쳐서 반대편으로 날려 보내지는 못했다. 항상

공이 너무 높게 날아가거나, 아니면 너무 낮게 날아가거나, 그도 아니면 네트 너무 가까이로 날아갔다.

"휴우우…, 넌 지치지도 않니?" 알리스가 물었다.

카미유가 고개를 저었다. 카미유는 반드시 공을 라켓으로 쳐서 날려 보내고 싶었다. 마침내 카미유는 알리스가 던진 공을 다시 알리스 쪽으로 날려 보냈다. 카미유의 라켓에 맞은 공은 완벽하고 아름다운 타원형을 그리며 날아갔다.

"멋지다!"

하지만 그런 멋진 장면을 연출한 것은 카미유였다.

솔직히 말해서 알리스와 카미유는 탁구를 한 게 아니었다. 둘 다 하나도 제대로 받아치지 못하고 공을 탁구대 앞이나 뒤, 옆으로 서로 던지는 놀이를 했을 뿐이다. 하지만 진짜 재미있는 놀이였다. 카미유는 라켓을 입에 문 채 숨이 넘어가게 웃었다.

"애들아, 탁구가 원래 이렇게 하는 거였냐?"

어디서 나타났는지 체육 선생님이 허리에 손을 얹고 서 있었다. 알리스는 허둥대며 라켓을 등 뒤에 숨겼다. 그러는 사이 탁구공이 선생님 발 밑으로 굴러갔다.

"흠…, 하긴 너희가 아무것도 안 하고 있는 것이 더 이상한 일인 건 맞지…. 그런데 자크는 같이 안 노는 거냐?"
선생님이 자크가 있는 쪽을 보며 물었다.

"네, 선생님. 같이 안 놀아요."

"왜?"

알리스는 우물거리며 라켓이 두 개밖에 없으며, 자크는 팔을 다쳐 깁스를 했기 때문에 탁구를 하기 힘들다고 핑계를 댈 참이었다. 그런데 두 사람이 같이 놀자고 하지 않았다는 말은 자존심이 상해서 절대 하고 싶지 않았던 자크가 먼저 나서서 변명을 했다.

"선생님, 저는 아주 바빠요."

"그렇구나. 뭘 하느라?"

"생각하는 중이에요."

"아, 생각…. 무슨 생각?"

"그건 말할 수 없어요."

"흐음, 그래. 이제 가자, 얘들아. 그리고 카미유, 잘 했어!"

체육 선생님은 손뼉을 치며 암벽이 있는 쪽으로 돌아갔

다. "모두 탈의실로 가라."

카미유가 입에 물고 있던 라켓을 내려놓고 가쁜 숨을 몰아쉬며 말했다.

"아, 이브라힘 하마토가 되는 건 너무 힘들어."

알리스는 카미유가 이렇게 즐거워하는 모습은 처음 본다고 생각했다. 알리스는 만족스러웠다. 그리고 마음이 평온해졌다. 터키에서 개양귀비 꽃밭 한가운데에 있을 때나, 침대에 누워 재봉틀 소리를 들으며 공상할 때처럼 기분이 편안했다. 게다가 체육 선생님한테 자리를 떴다고 혼나지도 않았다. 또 하리보 포장지를 까서 카미유의 입에 넣어 주었고, 카미유와 엉터리 탁구 게임도 했다. 언뜻 카미유의 가방에서《드래곤 왕국》8권이 비죽이 나와 있는 것을 본 것 같기도 했다.

두 아이는 앞으로 만화책도 함께 보는 사이가 될까? 둘 다 같은 만화를 좋아하는 게 맞을까? 그렇다면 더할 나위 없이 좋을 텐데!

'뚱뚱한' 슬픔

수업이 끝나고 돌아오는 길에 체육 선생님이 카미유를 불러 세웠다. 그러고는 왜 전학을 왔는지, 수업에 잘 적응하고 있는지, 새 친구는 사귀었는지 등을 물었다. 카미유는 선생님이 물어보는 말에 매번 괜찮다고 덤덤하게 대답했다. 선생님이 뭔가 다른 용건이 있어서 이것저것 물어보며 분위기를 만들고 있다고 짐작한 것이다. 선생님이 목소리를 가다듬더니 말을 이었다.

"너에게 제안하고 싶은 게 있단다. 다음 주가 장애인 주간이야. 내가 그 행사를 담당하게 됐단다."

카미유가 얼굴을 찌푸렸다. 조개껍데기 속으로 들어가

기라도 할 것처럼 몸을 움츠렸다.

"우리 학교에서는 해마다 장애인 주간이 되면 시각장애인이나 휠체어 타는 사람을 초청해서 어떻게 일상생활을 하는지 이야기 듣는 시간을 가졌어. 학교 바깥에 있는 사람을 초청했단 말이지. 그런데 이번에는 네가 해 주면 좋을 것 같다."

"제가 무슨 얘길 해요?" 카미유가 물었다. 경계하는 빛이 역력했다.

"장애에 관해 얘기하는 거지."

그러자 카미유가 말했다.

"저는 장애인이 아니에요."

선생님이 당황하며 말을 더듬었다.

"나는…, 너…, 그러니까… 네가…, 음…, 아닌데…. 이게 아닌데…."

카미유가 단호하게 말을 끊었다. 그리고 선생님의 눈을 똑바로 바라보며 말했다.

"전 장애인이 **아니에요.**"

선생님은 눈을 찌푸리며 주머니에 손을 찔러 넣었다.

카미유는 그대로 돌아서서 학교 건물 현관 쪽으로 걸어갔다. 선생님이 다시 카미유를 불러 세웠다.

"반 아이들에게 네가 직접 '나는 장애인이 아니다!'라고 이야기하고 싶지 않아? 너도 왜 네가 장애인이 아닌지 말하고 싶었지?"

카미유는 포도송이처럼 주렁주렁 매달린 눈알을 떠올렸다. 아이들은 오늘도, 내일도 자신을 쳐다보고 또 쳐다볼 것이다. 카미유는 장애인 주간에 친구들 앞에 서라는 선생님의 제안이 그 눈동자들, 자신을 짓누르는 그 시선을 사라지게 할 기회가 될 것 같다는 생각이 들었다.

"어때, 카미유?"

장터 축제에서 플라스틱 총으로 탕, 탕, 탕 고무풍선을 쏘아 맞히는 것처럼, 총알 대신 말로 자신을 쳐다보는 눈들을 하나도 남지 않을 때까지 쏘아 맞힌다면 얼마나 좋을까? 그렇게 된다면 로또 당첨이나 다름없는 횡재를 맞는 것이었다. 카미유는 조금 겁이 나기는 했지만 그래도 분명하게 대답했다.

"좋아요."

카미유는 일주일 내내 아이들 앞에서 뭐라고 말을 할지 생각했다. 자기 방에 있는 거울 앞에 서서 자신의 발에 얼굴을 묻고 가르릉대는 야옹이를 상대로 말하는 연습을 했다. 엄마와 사라 앞에서도 여러 번 연습했다.

카미유는 말할 준비가 되었다. 그리고 드디어 반 아이들 앞에 섰다. 머리가 마시멜로가 되어 버린 것처럼 멍했지만, 용기를 내서 말하기 시작했다.

"카미유, 얼른 시작해!"

"어, 어…, 무슨 얘기부터 할까?"

"글쎄…, 여기 오기 전에 어디서 살았는지, 이제까지 어떻게 살았는지 얘기하면 어때?"

카미유는 덜컥 겁이 났다. 망치로 얻어맞는 것처럼 머리가 울렸다. 새벽까지 악몽을 꾸다 깨고 또다시 악몽을 꾸었는데, 꾸는 꿈마다 눈알 송이가 좇아다녔다. 카미유는 자신을 빤히 쳐다보는 아이들의 눈길을 피했다. 바닥만 바라보면서 말할 용기를 끌어 모으고 있었다. 그리고 마침내 숨을 깊이 들이쉬었다.

"나는 파르제볼에서 태어났어. 파르제볼은 이곳 파리

에서 500킬로미터나 떨어져 있는 곳이야. 강이 흐르는 시골 마을이지. 초등학교 하나, 중학교 하나, 수영장도 하나, 인라인스케이트장이 몇 개 있어. 그리고 어마어마하게 큰 나무가 있는 공원이 있어. 사촌과 친구들도 거기에 있고, 내가 살던 옛집도 거기에 있어. 파르제볼은 아름다운 곳이야. 햇살이 따스하게 내리쬐는 날이 많아서 여기처럼 춥지도 않고, 날씨가 흐리지도 않아. 나는 태어나서 지금까지 엄마랑 여동생이랑 쭉 그곳에서 살았어."

이야기를 하는 동안 카미유는 한 번도 말을 멈추지 않았다. 얼른 이 상황을 끝내고 싶었다. 하지만 가장 중요한 이야기가 남아 있었다. 카미유는 고개를 들려고 애를 썼지만 잘 되지 않았다. 지금부터 마음속 아주 깊은 곳에 숨겨두었던 이야기를 하고 싶었다. 그건 카미유만이 들려줄 수 있는 이야기였다. 카미유는 그 어느 때보다도 열심히 머릿속으로 조가비의 '비'자로 끝나는 말을 떠올려 시를 지었다.

"파르제볼과 이곳이 아주… 다른 점이 하나 있어. 파르제볼이 시골 마을이고, 파리와 말투가 다르고, 날씨가 다르다는 그런 것 말고도 말이야. 거기선 아무도 나를 뚫어지게 쳐다보지 않았어."

카미유는 교실 바닥에 그려진 하얗고 파란 선을 바라보고 있었다. 눈길로 똑바로 난 그 선을 따라가고 있었다. 마치 등산하는 사람들이 악착같이 밧줄에 매달리는 것처럼, 카미유는 머뭇거리는 모습을 보이지 않기 위해 눈으로 바닥의 선만 좇고 있었다.

"난 태어날 때부터 팔이 없었어. 엄마가 날 임신했을 때 먹은 약 때문에 그런 거래. 그래서 팔이 자라나지 않았대. 엄마는 내가 팔 없이 태어날 것을 알고 있었어. 초음파로 내가 팔이 없는 것을 봤거든. 의사도 이미 알고 있었고, 가족들도 알고 있었어. 그래서 내가 태어났을 때 아무도 놀라지 않았어."

카미유가 마침내 고개를 들었을 때 넷째 줄에 앉아 있던 알리스와 눈이 마주쳤다. 알리스는 입을 크게 벌린 채 카미유의 말을 듣고 있었다.

"HG가…."

여기저기서 킥킥대는 소리가 들렸다. 카미유의 얼굴이 빨개졌다.

"선생님, 죄송해요…. 처음에 조르주 선생님은… 나더러 장애에 관해 이야기해 주면 좋겠다고 하셨어. 하지만 나는 장애인이 아니야. 그냥 좀 다르게 생긴 사람이야. 우리는 모두 다르잖아. 머리카락, 눈, 키, 목소리가 모두 다르잖아. 말하자면 나는 조금 더 다른 사람이야. 예를 들자면, 나는 발을 손처럼 사용해. 너희들에게 손이 있는 자리에 난 손이 있지 않은 거지. 그렇지만 나도 너희들처럼 혼자 머리를 감고, 옷을 입어. 나도 카카오가 점점이 박힌 빵에 버터를 발라 먹어."

알리스는 자기 귀를 의심했다. 카카오가 든 빵에 버터를 발라 먹는다고? 카미유도? 알리스는 갑자기 온몸에 열이 나는 것 같았다.

"나는 아주 어렸을 때부터 발을 사용했어. 그래서 발을 사용하는 게 전혀 어렵지 않아. 발을 손처럼 쓰는 게 특별한 일도, 대단한 일도, 감탄할 일도 아니야. 너희도 이를 닦고 머리를 감는 것이 어려운 일이 아니지?"

"그게 어려운 사람도 몇은 있을 것 같은데." 엘리아스가 농담을 했다.

"하지만 네가 발로 할 수 없는 일도 있어. 구내식당에서 식판을 나르는 거나, 암벽 타기는 할 수 없잖아. 그러니까 너는 어쨌든 조금은… 장애인이지. 너를 모욕하려고 하는 말은 아니야." 아르튀르가 조심스럽게 이의를 제기했다.

"팔이 있는데도 암벽 타기를 못하는 사람도 있어." 카미유가 웃으며 대꾸했다.

"아, 그게 나를 두고 하는 말은 아닌 것 같은데." 자크가 능글맞게 웃으면서 알리스를 돌아봤다.

카미유가 입술을 잘근잘근 깨물었다. 알리스를 곤란하게 하고 싶은 마음은 없었다. 분명히 알리스는 자신을 비난하는 거라고 느꼈을 것이다. 카미유가 알리스를 쳐다보았다. 알리스는 컴퍼스를 만지작거리면서 잔뜩 웅크리고 앉아 있었다. 아, 정말 바보 같은 말을 했다. 카미유는 지금이라도 자기 잘못을 바로잡을 만한 말이 뭐가 있을까 궁리하다가 반 아이들 모두에게 해당할 만한 사례를 찾아냈다. 얼른 알리스의 마음을 편하게 해 주고 싶었다.

"음…, 너희들 중에 발가락으로 젓가락질을 할 수 있는 사람은 아무도 없을걸. 확실해. 난 할 수 있어."

"하지만 우리는 손으로 젓가락질을 할 수 있어. 우리도 젓가락으로 음식을 먹을 수 있다고. 반면에 넌 손가락으로 젓가락질을 할 수는 없어."

"나는 손가락이 있어도 젓가락질은 할 줄 몰라." 걸어다니는 사전, 오렐리앙이 말했다.

"카미유, 너는 재주넘기도 할 수 없어."

"너희들 중에 재주넘기를 할 수 있는 사람? 손들어 봐." 선생님이 물었다.

겨우 여섯 명이 손을 들었다.

"난 바느질을 할 수 있는데." 알리스가 작은 소리로 혼잣말을 했다.

"뭐라고 중얼거리는 거야?" 자크가 비난하듯 말했다.

"아무것도 아니야."

"그러니까 너는 좀 다르기는 하지만 장애인은 아니라는 거야?" 레나가 물었다.

"장애인은 뭔가 부족한 사람을 의미해. 나는 내가 부족한 게 전혀 없다고 생각해. 실제로 장애인은 없어. 장애 상황에 놓인 사람이 있을 뿐이야."

"그게 뭐가 달라."

"달라. 어떻게 설명해야 할지 모르겠지만…, 장애가 있는 사람은 아무도 없어. 장애가 있는 것은 사람이 아니야. 장애는 '어떤 상황에서 불리한' 몸을 두고 하는 말이야. 클라이밍을 하기에 불리한 신체 조건에 있는 나를 그 예로 들 수 있어. 하지만 너희들도 가끔은 장애 상황에 부딪힐 수 있어. 오렐리앙은 젓가락을 써야 할 때 장애 상황에 부딪히게 되겠지."

교실 안에 파리가 날아다녔다면 아마 그 소리가 들렸을 것이다. 다만 지금은 겨울이고, 르와르 북쪽 지역인 이곳에는 파리가 없다. 그러니까 이 말은 아이들이 제각기 깊은 생각에 빠져서 교실이 쥐죽은 듯 조용했다는 뜻이다.

"그렇지만 정말로 장애가 있는 사람은 넘칠 정도로 많아. 어…, 네가 아까 뭐라고 했더라?"

"장애 상황."

"그래, 장애 상황…. 너보다 더 나쁜 상황, 우리보다 더 나쁜 상황에 있는 사람들 말이야. 살면서 많은 순간 자기 일을 혼자서 처리할 수 없는 사람들이 있어. 작년에 우리 학교에 휠체어를 타는 사람들이 왔었는데, 그 사람들은 몸을 움직일 수 없었어. 휠체어 바퀴는 손이 아니야. 그 사람들은 혼자서는 할 수 없는 일이 많은 상황에 놓여 있어."

"의족이나 의수를 한 사람들도 그래." 오렐리앙이 덧붙여 말했다.

"일상생활을 하는 데 훨씬 더 많은 어려움을 겪는 사람들이지."

"그 사람들은 본인들 스스로 자신이 장애인이라고…, 아니 장애 상황에 놓여 있다고 말했어."

카미유가 고개를 끄덕였다.

"나처럼 몸의 다른 부분을 사용할 수 있는 기회가 누구에게나 있는 것은 아니야. 그건 확실해. 예를 들어 사고로 팔을 잃게 된 사람들이 그래. 이미 손을 사용하는 데 너무 익숙해져 있어서 그 사람들은 발을 사용하는 법을 배우기가 어려워. 몸이 유연하지도 않고."

"원래는 눈이 보였는데 시력을 잃게 된 사람도 있어."

"원래는 잘 들렸는데 청력을 잃게 된 사람도 있지."

"맞아. 질병으로 다리를 잘라야 하는 사람도 있어. 그 사람들은 모두 다시 배워야 하는 상황에 있어. 하지만 난 아무것도 잃은 게 없어."

압둘라가 펜을 만지작거리며 말했다.

"때로는 흑인이라는 것이 장애가 돼."

모두가 일제히 압둘라 쪽을 쳐다보았다. 압둘라는 자기 노트만 뚫어지게 보고 있었다.

"그게 무슨 말이냐, 압둘라?" 선생님이 물었다.

"우린 다른 사람들과 똑같은 대접을 받지 못해요. 우리를 뭔가 부족한 데가 있는 사람 취급을 한다니까요. 팔이 없거나, 눈이 없거나, 신체의 어느 부위가 없는 사람처럼 대해요. 우리가 백인만큼 똑똑하지 않다고 생각하는 사람들도 있어요. 흑인이어서 일자리를 찾기도 어렵고, 아파트를 구하기도 어려워요."

"우리 엄마가 다니는 회사 사장은 엄마가 여자여서 승진하는 것을 싫어한대. 엄마가 그렇게 말했어. 사장은 우리 엄마가 남자보다 능력이 없다고 생각한대. 또 여자가 머리도 더 나쁘다고 생각한대. 여자로 사는 것도 장애라고 할 수 있을까?" 이번에는 마릴린이 말했다.

"그렇다면 여자이면서 흑인이라면 어떨지 상상해 봐…." 레나가 덧붙였다.

"다르다는 이유로 어떤 집단을 다른 집단보다 못하다고 여기는 태도를 뭐라고 하지?" 선생님이 물었다.

"부당한 행위요."

"인종주의요."

"성차별이요."

"너희들이 말한 모든 것을 한마디로 하면 뭘까?"

"차별이요!" 오렐리앙이 자신 있게 외쳤다.

"맞아. 장애 상황에 있는 사람들도 종종 차별을 당하지."

그러자 아르튀르가 걱정스러운 표정으로 손을 들었다.

"그러니까… 카미유…. 우리가 너를 쳐다보면 안 되는 거지?"

"그야…, 뭐…, 괜찮아. 이렇게 쳐다보는 건 안 되지만." 카미유가 눈을 크게 뜨고 대 놓고 뚫어지게 보는 흉내를 내면서 말했다.

반 아이들이 와 하고 웃었다.

"그렇게 이상하게 쳐다보진 않았는데."

"넌 이상하게 봤어!"

"엄마가 그러는데, 너희들도 곧 익숙해질 거래. 나도 이 상황에 익숙해질 거고. 빨리 그렇게 되면 좋겠어."

아르튀르가 고개를 끄덕였다.

"카미유, 이렇게 앞에 나와 얘기를 해 줘서 고맙다." 선생님이 시계를 힐끗 보고 나서 마무리하는 말을 했다.

아이들은 카미유에게 박수를 쳐 주며 자리에서 일어났다. 알리스는 생각에 잠겨 느릿느릿 노트며 연필을 챙겼다. '나는 뚱뚱해. 뚱뚱하고, 뚱뚱하고, 뚱뚱하고, 뚱뚱해. 이건 장애야. 확실히 그래.' 그래도 절대로 자신 있게 나서서 이 말을 하지는 못할 것이다. 우리 반에서 장애가 있는 학생, '장애 상황에 있는' 학생이라면, 그건 카미유보다는 오히려 알리스 자신이라는 것을.

그날 학교를 마치고 알리스는 쥐이에 14번지에 있는 카미유네 집으로 갔다. 루브르 박물관의 작품 중 하나를 골라 발표하는 과제는 두 사람이 짝을 이루어서 하게 되어 있었다. 그런데 제비뽑기로 카미유와 알리스가 짝이 되었다.

알리스는 카미유가 집에 있을 때 온종일 뭘 하면서 지내는지 무척 궁금했다. 자기를 유심히 쳐다보는 걸 카미유가 질색한다는 것은 알고 있지만, 그래도 호기심이 생겼다. 티 나지 않게 조심하면서 슬쩍 보기로 했다. 알리스는 카미유가 턱으로 문을 열고, 발로 야옹이를 쓰다듬고, 붙박이장 문에 달린 끈을 입으로 물어 당겨서 장을 여는 것을 보았다. 카미유는 냉장고에 있던 버터를 턱과 쇄골 사이에 끼고서 식탁 위로 옮겨 놓았다. 그러고는 식탁과 같은 높이의 의자에 앉아 발가락으로 나이프를 잡고 어려울 것 없다는 듯 척척 식빵에 버터를 발랐다.

"나는 뭐를 먹든 거기에 카카오를 넣어 먹어. 하지만 오늘은 네가 해 주는 대로 먹을게."

"이런 거 만드는 건 내가 전문가야. 이거 봐. 버터가 얼마나 얇고 균일하게 발라졌는지…."

카미유가 수건에 발을 닦고, 사과 주스 팩에 빨대를 꽂고, 고양이 밥그릇에 사료를 부어 주는 모습을 알리스는 물끄러미 바라보았다. 심지어 카미유는 피아노도 쳤다. 자유롭게 움직이는 발가락으로 손가락으로 치는 것처럼 능숙하게 피아노를 쳤다. 속도가 느리기는 하지만 또록또록 소리가 났다. 카미유에게는 장애가 없는 것이 확실했다.

카미유는 얇은 망사나 레이스 같았다. 망사나 레이스에는 송송 뚫린 구멍이 있어서 속이 비쳐 보이지만, 그 자체로 멋진 장식이 된다. 알리스의 부모님은 결혼식과 장례식, 종교의식에 입을 옷을 만들 때 망사와 레이스 천을 사용한다. 발레리나들은 발레용 스커트 아래 망사나 레이스로 만든 스타킹을 신는다. 송송 뚫린 구멍은 천의 일부분이고, 구멍이 뚫려 있어서 더 아름답고 세련되어 보인다. 망사나 레이스의 구멍 장식은 수선해야 할 구멍이 아니다. 카미유는 말하자면 레이스 같은 아이, 팔이 있을 자리에 장식 구멍이 있는 얇은 망사 같은 아이였다. 메워야 할 구멍 하나 없이 카미유는 그 자체로 완벽했다.

알리스는 카미유와 함께 있으면 자신이 형편없는 사람인 것만 같았다. 살만 뒤룩뒤룩 쪄서 아무짝에도 쓸모없는 사람처럼 느껴졌다.

“그런데 루브르 박물관 보고서는 어쩌지? 어떻게 써야 해?” 카미유가 입을 닦으면서 알리스에게 물었다.

"글쎄…, 너는 '밀로의 비너스'로 보고서를 쓰는 건 싫겠지?"

"왜 그런 말을 해?"

"밀로의 비너스가 너랑 닮았잖아…."

"그런 건 이유가 안 돼. 너를 닮은 조각상이나 그림이 있다면 너도 좋지 않겠니?"

알리스가 어깨를 으쓱했다.

"그런 조각상이나 그림은 엄청 못생겼을 거야. 어쨌든 그런 작품은 어디에도 없어."

"그건 모르는 일이지."

"도슨트가 말한 대로, 루브르의 다른 전시실에 있는 작품은 죄다 근육질의 완벽한 몸, 신의 몸이라고 할 수 있는 조각상과 그림이었잖아."

"우리가 전시실을 다 본 건 아니잖아"

그때 현관문 열리는 소리가 났다. "나 왔어." 하는 여자 목소리가 들렸다.

"엄마가 왔네. 마침 잘됐다. 엄마 컴퓨터가 필요한 참이었는데…." 카미유가 의자에서 일어서면서 중얼거렸다.

카미유는 알리스를 자기 엄마에게 소개했다. 그리고 엄마가 묻는 말에 일일이 다 대답을 했다. 오늘 하루 잘 지냈고, 알리스와 함께 숙제를 해야 하고, 간식을 먹었고, 컴퓨터를 사용했으면 좋겠다고 말했다. 그리고 알리스와 함께 컴퓨터를 자기 방으로 옮겨 와서 책상 위에 놓았다.

카미유가 작은 검색창에 발가락으로 '그림'과 '뚱뚱한'이라는 단어를 쳐서 넣었다. '뚱뚱한'이라는 글자를 보자 알리스는 배에 칼이 푹 들어와 꽂히는 것 같은 느낌이었다. 카미유는 대담하게도 '뚱뚱한'이라는 단어를 썼다. 이 말은 알리스만 쓸 수 있었다. 알리스만이 자기 방식대로 자기 자신을 가리켜 뚱뚱하다고 말할 수 있었다. 그런데 카미유가 그 말을 쓰다니!

하지만 곧이어 이런 생각이 들었다. 그럼 카미유가 이 말 말고 다른 어떤 단어를 칠 수 있을까? '뚱뚱한'과 비슷한 뜻이면서도 마음이 아프지 않을 말이 뭐가 있을까? '튼튼한'은 아니다. 이 말은 근육이 좀 있는 상태를 의미한다. '비대한'은 '뚱뚱한'보다 어감이 더 안 좋다. '거대한'은 말할 필요도 없다. 알리스는 걸어 다니는 사전인 오렐리앙처럼 다양한 어휘를 꿰고 있지 않다. 카미유도 마찬가지이다. 설사 그렇더라도 오렐리앙이나 카미유가 '오동통한', '포동포동한', '토실토실한', '도톰한'과 같은, '뚱뚱한'과 비슷한 뜻의 말을 머릿속에 넣고 다닐 리는 없다. 이런 말을 쓰는 건 왠지 우스꽝스럽다.

이것저것을 고려한 끝에 알리스는 '비만한'이란 말이 차라리 낫다고 생각했다. '뚱뚱한'보다는 세련되고 객관적인 말 같았다. '뚱뚱한'은 어쩐지 비난하는 것 같고, '비만한'은 관찰한 결과를 말하는 것 같다. 하지만 어떻든 둘 다 부피가 큰 것을 가리키는 말임은 두말할 필요가 없었다.

"음…, '뚱뚱한'과 '그림'이라는 검색어로 작품을 찾을 수 있을까?"

심지어 카미유는 '뚱뚱한'이라는 단어를 자기 입으로 말하기까지 했다. 아무 거리낌 없이 작지만 쾌활한 목소리로. 마치 크다, 말랐다, 작다, 대머리다, 빨갛다와 같은 형용사를 쓰는 것과 다를 게 하나도 없다는 듯이 아무렇지 않게. 장애인 주간에 '나는 팔이 없어.'라고 말하던 때처럼 무덤덤하게 말했다. 그건 욕이나 조롱이 아니라 그냥 형용사

일 뿐이었다. 자크가 그 말을 할 때와는 말투가 전혀 달랐다. 카미유는 뚱뚱한 나무, 뚱뚱한 개, 커다란 자동차, 커다란 빵 조각을 말할 때처럼 '뚱뚱하다'는 말을 했다. 거기에는 아무런 판단이 들어 있지 않았다. 알리스는 이런 식으로 뚱뚱한 건 나쁘지 않다고 생각했다.

카미유가 클릭하자 새로운 페이지가 떴다.

"이것 좀 봐! 이 그림이 루브르 박물관에 있는지 모르겠어. 그렇게 오래된 그림 같지 않은데."

알리스가 화면을 보려고 몸을 앞으로 숙였다. '뚱뚱한'이라는 말이 제목에 들어가 있었지만, 카미유와 알리스가 찾는 그림은 아니었다. 페르난도 보테로라는 사람이 그린 뚱뚱한 사람들이 등장하는 그림이었다. 뚱뚱한 어릿광대. 뚱뚱한 음악가. 뚱뚱한 신부. 배도 뚱뚱하고 얼굴도 뚱뚱하고 손도 뚱뚱한 아이들. 뚱뚱한 모나리자도 있었다. 레오나르도 다빈치가 그린 것은 아니지만, 다빈치의 모나리자와 같은 옷을 입고 있었다. 얼굴이 하얗고 커다란 달처럼 아주 동그랬다.

"우린 둘 다 작품이야, 알리스. 나는 밀로의 비너스, 너는 보테로의 모나리자!" 카미유가 재밌다며 웃었다.

"이 화가는 어떤 사람일까?"

"검색창에 보테로라고 한번 쳐 봐."

카미유가 화가의 생애가 나와 있는 부분을 클릭했다. 태어난 때는 나와 있는데 사망했다는 정보는 없었다. 보테로는 살아 있는 화가였다. 그러므로 보테로의 작품은 루브르 박물관에 없다. 루브르 박물관은 세상을 떠난 화가의 그림만 전시한다. 페이지 아래쪽에 보테로가 했다는 말이 나와 있었다. 알리스가 그걸 소리 내어 읽었다. "내 모델들이 뚱뚱하다고요? 아니에요, 그들은 입체감이 있어요. 경이롭고 관능적이에요. 내가 요즘 열중하고 있는 일이 바로 입체감을 찾아내는 겁니다."

우와, 뚱뚱한 것을 '경이롭고 관능적'이라고 이렇게 진지하게 말하다니.

"이 사람, 말을 좀 과장해서 하는 것 같아." 알리스가 말했다.

"비슷한 생각을 하는 예술가를 얼마든지 찾아낼 수 있을 거야. 확실해."

이어서 카미유와 알리스는 루벤스의 그림을 찾아봤다. 루벤스의 그림에 나오는 여자들은 거의 살갗을 그대로 드러낸 벗은 몸이어서 괜히 얼굴이 빨개졌다. 다음으로 니키 드 생팔의 '뚱뚱한 여자들' 시리즈 조각 작품과 보석으로 만든 살이 늘어진 불상, 그리고 풍만한 몸매의 선사시대 비너스상도 봤다.

컴퓨터에서 눈을 뗐을 때는 벌써 저녁 먹을 시간이 되어 있었다. 알리스는 머릿속이 온갖 그림으로 가득 차서 멍한 상태로 집으로 돌아갈 채비를 했다. 예정보다 늦은 시간에 집에 도착할 것 같았다. 알리스 아버지는 늦는 것을 싫어한다.

"그럼 다음에는 네가 우리 집에 올 거지? 오늘은 발표 준비를 하나도 못 했으니까…."

"그래, 좋아."

알리스가 카미유의 방에서 나오려고 돌아서자 정면에 벽이 보이고, 책장에 가지런히 꽂혀 있는 《드래곤 왕국》이 눈에 들어왔다. 카미유의 가방에서 삐죽 튀어나와 있던 책이 《드래곤 왕국》일지도 모른다고 생각했었는데, 알리스가 잘못 본 것이 아니었다.

“너 이 시리즈 전부 다 가지고 있어?”

“그럼, 8권까지 다 있어.”

“오, 8권…. 붉은 용의 죽음.”

카미유가 고개를 절레절레 흔들었다.

“트레보가 불의 힘을 모두 빼앗아 바다가 완전히 사라지게 만들어 버렸을 때… 아, 생각만 해도 가슴이 아파.”

“… 고래와 향유고래, 물고기의 뼈가 모래 위에 여기저기 널려 있었지….”

“…그리고 엄청나게 큰 구름 위에 올라앉아 공중을 둥둥 떠다니는 고래들의 울음소리…. 얼른 다음 이야기를 읽으면 좋겠어.”

알리스도 카미유와 똑같은 마음이었다.

“뒷이야기 만들기 영상 경연 대회가 있다는 거, 너도 알고 있지?”

“당연하지. 자크는 벌써 대회에 나갈 준비를 하고 있어. 최고 사양의 카메라도 있고, 연기 잘하는 배우도 이미 확보했어. 운이 엄청 좋은 거지.”

"너도 자크와 함께 경연 대회에 참가해 보지 그러니? 그 무리에 끼고 싶지 않아서 그래?"

"꿈에도 생각해 본 적 없다. 그 애들이 나 같은 걸 끼워 줄 리 없어."

"파르제볼에 있는 내 친구들은 이미 참가 신청을 했대. 걔네한테는 성능 좋은 카메라도 없고, 연기 잘하는 배우도 없어. 그래도 친구들이랑 함께 대회에 나갈 수 있다면 정말 좋겠어."

알리스는 눈이 휘둥그레졌다.

"너, 타미로 유즈키를 만나는 상상을 해 본 거야?"

"설마…. 그건 너무 무모한 생각이지."

"음, 무모한 생각이구나."

알리스는 어깨에 가방을 메고 꿈을 꾸는 듯한 표정으로 책장 쪽을 뚫어지게 쳐다봤다.

"근데 너 늦었다고 하지 않았어?"

"아, 맞다! 갈게. 내일 봐. 안녕히 계세요, 아주머니."

알리스는 아멜로 거리에 있는 자기 집으로 돌아왔다. 하지만 마음은 여전히 카미유와 함께 있었다. 보이지 않는

긴 고무줄로 카미유의 마음과 자기 마음이 연결된 것만 같았다. 보이지 않는 고무줄은 카미유의 모습을 완전히 떨쳐내지 않으면서도 서로 멀어질 수 있도록 쭉 늘어나 팽팽해졌다가, 언제든 다시 본래의 길이로 돌아가 마음속에서 카미유의 곁으로 데려다주었다. 알리스는 슬픔을 표현하는 말인 '슬픔이 북받치다'를 생각해 냈다. 알리스는 카미유와 헤어져야 해서 슬픔이 북받쳤다. 게다가 '슬픔이 북받치다(avoir le coeur gros)'라는 숙어에 '뚱뚱한(gros)'이라는 단어가 들어간다는 것이 생각나 마음이 심란해졌다.

알리스는 혼자 슬리퍼에 트레이닝복 차림으로 수영장 풀을 향해 놓인 의자에 앉아 카미유가 돌아오기를 기다리고 있었다. 카미유는 화장실에 가고 없었다. 다른 아이들은 모두 다이빙하느라 야단법석을 떨며 시끄럽게 물놀이를 하고 있었다. 수영장 물에서 염소 냄새가 심하게 났다.

체육 선생님은 카미유와 알리스에게 아이들이 수영 시합과 수구를 할 때 심판을 보라고 했다. 암벽 타기 수업은 이제 끝났다. 체육관에 있던 탁구대가 수영장에는 없었다.

오늘은 뭔가 다른 것을 해야 했다. 자크는 이번에는 자습실에 남아 있겠다고 했다. 보기 싫었는데 잘됐다!

알리스는 겉옷을 벗었다. 수영장 안이 너무 더웠다. 아이들은 모두 수영 시합이 시작되기를 기다리면서 물을 튀기고, 물속으로 뛰어들고, 헤엄을 치며 놀았다. 카미유는 아직 돌아오지 않았다. 알리스는 카미유가 없을 때 하리보 봉지를 뜯고 싶지 않았다. 초조하게 카미유를 기다리며 비닐봉지 안에서 서로 들러붙어 있는 색색의 젤리를 들여다보고 있었다. 보고만 있어도 침이 고였다. 바로 그 순간 카미유가 갑자기 나타나 알리스 앞에 섰다. 원피스 수영복 차림이었다.

"깡짝 노아찌이이!"

카미유가 수영 모자와 물안경을 입에 물고 있었다. 그 모습이 물고기를 낚아서 입에 물고 돌아온 아이슬란드 퍼핀(바다오리과의 새) 같았다. 알리스는 특히 새를 좋아해서 동물 다큐멘터리를 자주 보는 편이다. 지금 카미유의 모습은 반짝이는 생선을 작고 붉은 부리 가득 물고 있는 아이슬란드 퍼핀과 무척 닮았다.

"이거 나 홍쟈 모 떠."

카미유의 상체는 틀에 찍어 만든 플라스틱 마네킹의 몸통 같았다. 어깨가 없지만 그렇다고 어디 흉터가 있는 것도 아니었다. 피부가 매끈해서 어디에도 팔을 끼워 넣을 데가 없었다.

"알리시, 얼른!" 카미유가 독촉했다.

알리스는 꼼짝하지 못하고 서 있었다.

"아, 그러케 빤히 셔다보지 마…."

"그런데…, 너 수영할 거야?"

카미유가 고개를 끄덕였다. 발을 동동거리며 입에 물고 있는 수영모와 물안경을 흔들어 댔다.

"나더러 수영모랑 물안경을 씌워 달라는 거야?"

"으응."

알리스는 갑작스러운 상황에 꼼짝없이 시키는 대로 했다. 수영모 안에다 카미유의 숱 많은 머리카락을 집어넣으려고 애를 썼지만, 머리카락은 제멋대로 여기저기로 삐져나왔다. 그런 다음 물안경의 고무줄을 늘여 카미유에게 씌워 주었다.

"이렇게 하면 돼?"

"응, 고마워."

알리스가 얼굴을 찡그렸다.

"나한테 말해 줄 수 있었잖아."

"뭘?"

"수영할 거라는 얘기 말이야."

"수영할지 말지 확실히 마음을 정하지 못했었거든. 수영복을 챙겨 오긴 했지만 겁이 났어. 그런데 수영장 입구에서 유리창 너머로 파란 물을 보는 순간, 수영이 너무나 하고 싶어졌어. 수영하는 거 정말 좋아하거든."

"너는 어떤 수영을 해?"

"다 할 수 있어. 평영, 배영, 크롤 수영…."

"크롤 수영을 한다고?"

"그래. 팔 없이도 한다니까. 다리를 움직여서 해. 하지만 평영보다 크롤 수영이 훨씬 힘들어. 물살에 밀려나지 않으려면 왼쪽, 오른쪽으로 계속 물을 차야 해. 오죽하면 수영하다가 복근이 생겼다니까."

수영장 가장자리에서 물에 발을 담그고 다른 아이들과

함께 나란히 앉아 있는 카미유를 보자 알리스는 어쩐지 배신당한 기분이 들었다. 알리스는 젤리를 청바지 주머니에 도로 집어 넣었다. 젤리는 꼴도 보기 싫었다.

수영장 건너편 쪽에 있던 선생님이 팔을 부산하게 휘저으며 아이들을 두 팀으로 나누었다. 그러고는 아이들을 수영장 양쪽에 세운 다음, 카미유 반대 팀에 있던 아이 하나를 카미유 팀으로 보냈다. 양 팀의 속도를 맞추려고 그러는 것 같았다. 이건 수학적 계산이 필요하다. 계영을 할 때는 네 명이 한 조가 되는 것이 두 명이 한 조가 되는 것보다 더 유리하다.

“릴레이 수영이다! 각자 원하는 방식으로 수영하면 돼. 알았지?” 선생님이 말했다.

알리스가 앞으로 나갔다. 알리스는 심판이었다. 엄청난 슬픔이 밀려와 알리스를 가득 채웠다. 카미유는 수영을 할 거고, 자신은 뚱뚱하다. 뚱뚱하다…. 알리스는 왼쪽 줄 두 번째 구름판 옆에 서 있는 카미유만 쳐다봤다.

호루라기 소리가 울리자 아르튀르와 레나가 동시에 수영장으로 뛰어들었다. 자세는 신경을 쓸 새도 없었다. 양쪽 팀 아이들의 함성이 콘크리트 벽에 부딪혀 열 배는 크게 울려 퍼졌다. 아르튀르와 레나가 25미터를 헤엄쳤다. 먼저 들어온 건 아르튀르였다.

조르단느와 오렐리앙이 뒤이어 뛰어들었다. 아르튀르의 팀이 계속 앞서고 있었다. 그때 카미유가 구름판 위에 올라섰다. 오른쪽 구름판에는 압둘라가 서 있었다. 카미유가 무릎을 구부렸다. 머리를 앞으로 내밀고 뛰어들 준비를 했다. 화살 모양의 여자애가 자기 발가락을 구름판 끝에 붙였다. 조르단느가 수영장 벽에 손을 대자마자 카미유는 작살 모양으로 머리부터 뛰어들었다. 몸이 수면에 닿는가 싶더니 사라져 버렸다. 카미유는 숨을 참고 물속에서 물뱀이 하는 것처럼 구불거리며 수영을 했다.

알리스는 수영장으로 가까이 가서 물속을 살펴보았다. 아이들이 모두 알리스를 따라 했다. "카-미-유, 카-미-유, 카-미-유!" 카미유 팀 아이들이 목이 쉬어라 소리쳤다.

압둘라가 긴 팔과 커다란 손바닥을 노처럼 휘저으며 크롤 수영으로 앞서가고 있었다. 하지만 어느 순간 카미유가 물속에서 솟구치더니 평영으로 바꾸어 앞으로 치고 나갔다. 1초도 놓치지 않으려고 숨도 크게 쉬지 않았다. 팔이 없는데도 물 밖으로 차고 나와서 바닥과 평행을 이루며 배영 자세를 취했고, 그러는 동안 다리는 개구리헤엄을 치듯 계속 움직이고 있었다. 알리스는 그 모습을 보면서 카미유가 무쇠처럼 단단한 목을 가진 것 같다고 생각했다.

압둘라와 카미유가 동시에 수영장 벽을 쳤다. 레이스는 계속되었다. 카미유가 물을 뚝뚝 흘리며 선생님의 도움을 받아 수영장 사다리를 올라왔다. 알리스는 얼이 빠져서 카미유를 쳐다보고 있었다.

두 번째 계영에서 카미유는 배영을 선택했다. 이번에는 처음부터 물에 들어가서 자기 차례를 기다렸다. 레인을 나누는 코스로프에 팔 대신 턱을 올려놓아 몸이 움직이지 않게 지탱하고 있었다. 조르단느가 손바닥으로 수영장 벽을 치자마자 카미유가 다리로 물을 세게 걷어차며 나가더니, 몸을 구불거리며 수영을 했다. 눈은 똑바로 천장을 바라보고 있었다. 모터보트가 나아갈 때 생길 법한 작은 물결이 카미유의 목 아래에서 일렁였다.

"카-미-유, 카-미-유, 카-미-유!"

카미유가 수영을 하는 동안 아이들은 함성을 질러 댔다. 그리스 신화에 나오는 세이렌(그리스 신화에 나오는 반은 사람 반은 물고기인 요정)은 아래쪽이 물고기이고 위쪽이 사람인데, 카미유는 아래쪽에 다리가 있고 위쪽이 물고기 같았다. 알리스는 카미유가 아래위가 바뀐 세이렌 같다고 생각했다. 팔이 없고 다리가 있는 아리엘(디즈니 애니메이션에 나오는 인어공주) 같다는 생각도 들었다. 빨간 머리카락이 너무 꼭 끼는 수영모자 둘레로 기다란 해초처럼 떠다니는 것도 아리엘을 닮았다.

"뱀장어, 카-미-유, 뱀장어, 카-미-유!"

레나가 박자에 맞추어 응원하기 시작했다. 그러자 반 아이들 전부가 합창하듯 한목소리로 두 팀이 함께 소리쳤다. "뱀장어, 카-미-유, 뱀장어, 카-미-유!" 이 구호는 카미유가 결승점에 거의 다 도착할 때까지 계속되었다. 선생님이 소리 질렀다.

"집중해. 2미터만 오면 돼!"

압둘라가 수영장 벽을 치고 나서 딱 4분의 1초 늦게 카미유가 벽을 치고 목을 바로 세웠다. 카미유는 환하게 웃어 보였다. 카미유는 졌지만 이겼다. 카미유가 수영장에서 나오자 카미유의 팬이 된 아이들이 우르르 몰려드는 것을 보니 확실히 그랬다.

좀 떨어져 서 있던 알리스는 목에 호루라기를 건 채로 그 장면을 물끄러미 바라보고 있었다. 아이들은 알리스에게서 카미유를 빼앗아 가 버렸다. 카미유는 이제 알리스를 쳐다보지도 않았다. 카미유는 재능이 많다. 장애인이 아니었다. 알리스는 어제보다, 다른 모든 날보다도 더 뚱뚱했다. 뚱뚱하고, 비곗덩어리이고, 금방이라도 터질 것처럼 무거웠다. 루벤스의 그림도, 니키 드 생 팔의 그림도, 보석으로 만든 부처도, 선사시대의 비너스도, 그 무엇도 전혀 위로가 되지 않았다. 알리스는 주머니 깊숙이 손을 찔러 넣어 뜯지도 않은 하리보 젤리 봉지를 만져 보았다. 슬픔이 차올랐다. 슬프고 또 슬펐다.

그날 저녁 카미유가 알리스에게 전화를 했다. 둘은 루브르 박물관 과제 때문에 학교를 마치고 하루 정도 더 시간을 내서 만나야 했다.

"내일 만날 수 있어? 내가 너희 집으로 갈까?"

"네가 원하면 그렇게 해."

"카카오가 박혀 있는 버터 빵 먹을까?"

"좋아."

"너 기분이 안 좋은 것 같은데…."

"아니야, 괜찮아."

"너는 오늘 왜 수영을 안 했어? 암벽 타기보다는 훨씬 쉬운데."

"나는 수영을 안 좋아해."

"수영을 해 본 적이 있어?"

"그냥 싫어서 안 하는 거야. 그것뿐이야."

"물에 들어가면 누구나 몸이 가벼워져."

"물에 들어가려면 누구나 옷을 벗어야 하지."

"아, 그래."

"터키에서 부모님과 함께 친척을 만나러 안탈리아 근처에 있는 바닷가에 간 적이 있었거든."

"안탈리아는 한 번도 들어 본 적이 없어."

"안탈리아는 지중해에 있는 바닷가 마을이야. 거기는 물이 터키 옥색이야. 수영장 물하고 비슷한 색깔이지. 네가 좋아하는 색. 그래서 안탈리아를 터키 해안이라고 부르기도 해. 여름에는 무척 더워. 가족들은 모두 물로 뛰어 들어갔어. 몇 시간 동안이나 바닷가에서 도시락을 먹으면서 놀았지. 내 사촌들은 바다에서 공놀이를 했어. 난 따분해서 죽는 줄 알았지. 온종일 파라솔 아래 뜨거운 모래 위에 앉아서 아이스크림을 먹었어. 옷을 벗기 싫었거든."

"네 맘 알겠어."

"내 이야기는 이게 다야."

"하리보는 다 먹어 버렸니?"

"아니."

"너 약속해라. 나 없을 때 혼자서 하리보 절대 먹지 않기다."

"약속할게."

드래곤 클럽

알리스가 카미유와 함께 가게 문을 밀고 들어갔을 때, 알리스 부모님은 늘 그렇듯이 재봉틀 위로 몸을 기울인 채 바쁘게 일을 하고 있었다.

"이이 악샴라르(터키어로 저녁 인사)! 다녀왔습니다."

조로가 신이 나서 알리스의 다리 사이를 이리저리 뛰어다니며 낑낑댔다. 알리스와 카미유는 가방을 내려놓고 몸을 부르르 떨면서 외투를 벗었다. 2월 말이었다. 바깥은 얼어 죽기 딱 좋을 만큼 추웠다. 눈까지 펑펑 쏟아져서 목도리 위에 눈이 소복이 쌓였다.

"여기는 부엌이자, 식당이자, 작업실이자, 우리 부모님의 방이기도 해."

집이 워낙 작아서 손님맞이는 순식간에 끝났다. 방으로 뛰어 들어온 귈레이는 카미유를 보고 얼어붙은 듯 꼼짝하지 못하고 서 있었다.

"이 언니가 카미유야? 뱀장어 카미유?"

"어, 그래. 엄마, 아빠. 얘는 카미유고요…. 카미유, 얘는 내 동생 귈레이, 그리고 이쪽은 우리 부모님이셔." 알리스가 난처해하며 웅얼거리듯 말했다.

알리스 엄마는 카미유에게 손을 흔들면서도 쉬지 않고 재봉틀의 페달을 밟고 있었다. 귈레이는 카미유를 빤히 쳐다봤다. 알리스가 귈레이를 노려보았다. 카미유에게 들리면 안 되니까 그만 쳐다보라고 눈으로만 윽박질렀다. 재봉틀은 계속 부드럽게 들들거리는 소리를 내고 있었다.

카미유는 제 나름대로 방 여기저기를 둘러보고 있었다. 천을 둥글게 감아 놓은 롤이 장작더미처럼 벽에 쌓여 있었다. 피라미드 형태로 쌓아 놓은 알록달록한 색깔의 실패도 있었다. 재단 테이블 위에는 가위와 골무, 핀이 담긴 통이 놓여 있었다. 나무 의자와 옷이 가득 걸려 있는 진열용 옷

걸이도 있었다. 다리미판과 받침대 위에 놓여 있는 증기다리미도 보였다. 그리고 어깨가 잘린 상체만 있는 스톡맨 마네킹이 있었다.

카미유가 스톡맨 마네킹을 신기하다는 듯 살펴보았다.

"마네킹이랑 언니랑 아는 사이야?"

궐레이가 웃으면서 말했다.

"언니랑 마네킹이랑 닮았어."

"그러면 못 써." 엄마가 터키어로 궐레이를 나무랐다.

"그래, 그렇게 말하는 건 실례야." 알리스도 궐레이에게 눈을 부라리며 윽박질렀다.

그런데 정작 카미유는 고개를 끄덕이며 말했다.

"궐레이, 네 말이 맞아. 나랑 닮았네."

궐레이와 알리스, 카미유는 좁은 부엌 귀퉁이에서 알리스가 간식으로 미리 준비해 놓은 카카오가 들어 있는 버터빵을 먹었다.

"너에게 온 편지가 있단다." 아빠가 알리스에게 편지 한 통을 건네주며 터키어로 말했다.

편지라니…. 누가 편지를 보냈을까? 알리스가 봉투를

뒤집어 주소를 확인했다. 봉투에 '릴리앙 프롤레, 레 알 거리 25번지, 마르세유'라고 적혀 있었다.

"어, 이건 마르세유 학교의 내 편지 짝꿍이 보낸 거네."

알리스는 행주에 손을 닦고 봉투를 찢은 다음, 큰 소리로 편지를 읽었다.

"안녕, 알리스.

나는 릴리앙 프롤레야. 나이는 열네 살이고, 블레즈-상드라 중학교 1학년이야. 나는 마르세유에 살아. 금발 머리이고, 눈은 밤색이야. 키는 170센티미터야. 다리가 길어서 그래. 나한테는 정말 잘된 일이야. 장거리 달리기를 엄청 좋아하는데, 다리가 길어서 대회에 나가면 잘 뛸 수 있거든.

당연히 마르세유의 축구 팀 '올림픽 드 마르세유'를 좋아해. 축구에는 그다지 관심이 없지만 말이야. 너도 여기에 살았다면 올림픽 드 마르세유를 사랑하지 않을 수 없을걸. 엄마나 아빠를 선택할 수 없는 것처럼 말이야. 나는 바다도 무척 좋아해. 비디오 게임도 좋아하는데, 부모님은 내가 게임을 많이 하는 걸 싫어하셔.

나는 파리에 가 본 적이 없어. 마르세유에서는 파리 사람을 '송아지 대가리 파리 사람'이라고 불러. 파리 사람들도 분명 마르세유 사람을 그런 비슷한 별명으로 부르겠지? '멍청이 마르세유 사람' 아니면 '비뚤어진 대가리' 뭐 이런 식으로 부르려나? 하하! 한번 상상해 봤어.

우리 부모님은 두 분 다 약사야. 내겐 열여섯 살과 스무 살이 된 남자 형제가 있어. 둘 다 착해.

이 정도면 나에 대해 다 알게 된 거야.

곧 만나자.

릴리앙으로부터."

"마르세유 아이들이 왔을 때 내 편지 짝꿍은 없을 것 같아." 카미유가 진지한 표정으로 말했다.

"내 편지 짝꿍을 우리 둘의 편지 짝꿍이라고 생각하면 되지 않을까?"

알리스는 편지를 다시 접어서 봉투 안에 넣었다. 그러고는 자기 생각을 말했다.

"릴리앙이 달리기를 좋아한다고 했잖아. 그래서 말인데, 루브르 박물관 발표 과제를 특별히 릴리앙과 관련 있는 것으로 정하면 좋을 것 같아. 달리고 있는 모습의 조각 작품을 고르는 거야."

"아, 그래! 마침 달리고 있는 남자와 여자가 있는 조각 작품이 있네. 바람 때문인지 아니면 달리는 속도 때문인지 모르겠지만, 머리카락과 옷이 나부끼고 있어. 이 작품으로 하면 어때?"

"그래, 그게 좋겠다."

알리스는 달리는 모습으로 돌이 된 두 사람의 조각상 사진을 다시 쳐다봤다.

"잠깐만. 내가 노트에 써 놓은 걸 찾아볼게…. '아폴로에게 쫓기는 다프네'. 기욤 쿠스투의 작품이야."

"자, 그럼 시작해 보자."

알리스는 카미유와 함께 자기 방으로 들어갔다. 두 아이는 아폴로와 다프네의 조각상을 찍은 작은 사진을 들여다보기 위해 몸을 구부렸다. 옷의 주름, 찡그린 얼굴, 두 사람의 움직임 속에서 유지되고 있는 균형이 금세라도 깨질 것처럼 아슬아슬해 보였다.

알리스가 주머니에서 젤리가 든 봉지를 꺼냈다. 수영장에서 만났던 날 이후로 젤리 봉지는 뜯지 않은 채 그대로 있었다. 알리스는 스머프 젤리를 카미유의 입에 넣어 주고 자신은 콜라병 젤리를 깨물어 먹었다.

두 아이는 보고서를 쓰면서 마를리 안뜰에 있던 멋진 계단, 하늘이 보이는 유리 천장에서 쏟아져 들어오는 빛, 아폴로와 다프네 주위에 있는 아주 새하얀 열두 개의 조각 작품에 대해 자세히 설명했다. 그러다 문득 다프네가 아폴로 신을 피해 도망친 님프라는 것이 떠올랐다. 사실 아폴로와 다프네가 박물관에 있는 모습처럼 나란히 달렸던 게 아닌 건 확실했다. 님프인 다프네가 앞서 달리고, 그 뒤를 아폴로 신이 쫓아오고 있었다. 신화를 보면, 아폴로가 자신을 곧 따라잡을 것이라고 생각한 다프네가 아폴로를 피하기 위해 나무로 변했다. 다프네는 월계수가 되었다.

글을 쓰는 동안 알리스는 자신이 카미유의 아폴로가 된 것 같은 기분이 잠깐 들기도 했지만, 그보다는 오히려 절대로 가까이 다가갈 수 없고 두려움도 없는 다프네와 카미유가 닮았다고 생각했다.

"나무로 변해야 한다면 넌 어떤 나무가 되고 싶어?" 알리스가 물었다.

"으으음…, 미모사."

알리스가 카미유에게 딸기 맛 사탕을 주며 물었다.

"미모사는 어떤 나무인데?"

"진짜 예뻐! 내가 살던 파르제볼에서는 어딜 가나 미모사가 있었어. 미모사는 노란색 작은 공 모양의 꽃을 한꺼번에 피워. 꽃송이가 목화보다 더 부드러워. 가지가 흔들릴 땐 노란 눈이 내리는 것처럼 보이지. 한겨울에 꽃이 핀다는 게 이해가 되니? 지금쯤 파르제볼의 공원 여기저기에서는 미모사가 꽃을 피우고 있을 거야. 알리스 넌? 너는 무슨 나무가 되고 싶은데?"

"나는 올리브 나무가 되고 싶어."

"왜?"

알리스가 이번에는 카미유에게 감초 젤리를 주었다.

"나 감초 젤리 안 좋아해."

"올리브 나무는 아름다운 나무야. 내가 좋아하는 초록과 푸른색이 있는 나무인데다가 단단하고 더위와 추위에 강해. 올리브 나무에서는 기름이 나오는데, 우리 터키 사람들은 이 올리브 기름을 신성하게 여겨."

"남프랑스 사람들도 올리브 기름을 신성하게 여겨."

"그럼 너도 올리브 나무를 좋아하겠네?"

"그럼, 당연하지."

알리스가 노란 악어 젤리를 카미유의 입에 넣어 주었다. 알리스는 카미유의 올리브 나무였다.

"됐다. 우리 숙제 끝난 거지?"

알리스는 아쉬운 마음이 들었다.

알리스와 카미유는 램프 불빛 아래 숙제를 펼쳐 놓았다. 들여다보니 기분이 좋았다. 두 아이가 전등 불빛 아래서 숙제를 하는 사이에 창밖에는 어느새 밤이 찾아와 어둠을 펼쳐 놓고 있었다.

식당이자, 부엌이자, 옷을 만드는 작업실인 방에서는 알리스 엄마 앞에 놓인 재봉틀이 계속 드르르륵 소리를 내고 있었다. 알리스 아빠는 입에 핀을 물고 스톡맨 마네킹에게 긴 초록색 드레스를 입히고 있었다.

"인도 사람 결혼식 예복이야." 알리스 아빠가 말했다. 카미유는 물결무늬가 있는 옷감을 물끄러미 바라보았다.

압력솥에서 맛있는 수프 냄새가 새어 나왔다.

"카미유! 네 웃옷! 웃옷 소매!" 알리스 엄마가 말했다.

카미유는 자기 옷소매를 내려다보았다. 이런! 소맷단의 솔기가 풀려 있었다.

"가져와! 꿰매 줄게." 알리스 엄마가 말했다.

"아니에요. 일하시는 데 방해하고 싶지 않아요. 많이 풀린 것도 아닌데요, 뭐."

"하일, 하일(아니다, 아니다라는 뜻)! 알리스, 네가 좀 꿰매 줘라."

알리스가 바느질을 한다고? 놀란 카미유의 눈꼬리가 치켜 올라갔다.

"알리스, 아빠 자리에 앉아라. 재봉틀이 비어 있어."

알리스는 얼굴이 빨개졌다. 그 순간만큼은 엄마가 정말 이지 미웠다.

"카미유가 내키지 않을 수도…."

하지만 알리스 엄마는 들은 척도 하지 않았다.

"얼른, 알리스!"

엄마는 재봉틀의 페달을 밟으며 고집스럽게 알리스를 쳐다봤다.

“옷 이리 줘. 내가 꿰매 줄게.” 알리스가 카미유에게 팔을 뻗으며 말했다.

“네가?”

“그래. 내가.”

카미유는 이로 웃옷의 벨크로 밴드를 떼어냈다. 알리스가 웃옷을 받았다.

“너 바느질을 할 줄 알아?”

“에베, 에베(‘그래, 그래’라는 뜻)! 바느질을 아주 잘해.” 엄마가 알리스를 대신해서 대답했다.

카미유는 어리둥절한 표정으로 알리스가 재봉틀 앞에 앉아 실을 갈아 끼우는 모습을 바라봤다. 알리스가 바늘의 높이를 조정하고, 좁은 테이블 뒤에서 그 커다란 몸을 수그리고 있었다. 카미유가 다가가서 알리스의 등 뒤에 섰다. 그리고 빠른 속도로 찔러 대는 바늘 밑을 통과해 천천히 빠져나오는 자기 옷을 바라보았다. 20초 정도 지나자 옷단이 다 꿰매졌다. 알리스가 실을 끊고는 옷을 카미유에게 건네주었다.

“너 대단하다.”

"아무한테도 말하지 마." 알리스가 귓속말을 했다.

"뭘 말하지 말라는 거야?"

"내가 이런 거 할 줄 안다고 말하지 말란 말이야."

"왜?"

"남자가 바느질한다고 놀릴 게 뻔하니까."

알리스가 허공을 올려다보더니 의자에 몸을 움츠리고 앉았다.

"그러지 않아도 나는 이미…."

그러고는 뺨을 부풀리더니 푸우, 하고 바람을 뺐다.

"그런데… 옷 꿰매는 거 말고 또 어떤 걸 바느질할 수 있어?"

"옷단이나 바지…. 옷도 만들어."

"옷을 만든다고! 어떤 옷을 만든다는 말이야?"

"근사한 옷, 편하게 입는 옷, 겨울옷, 허리띠가 달린 옷, 주름이 잡힌 옷…."

"우와…."

"귈레이가 가지고 노는 인형 옷도 만들어. 이것 좀 봐."

알리스가 드레스에 빨간 새틴 망토를 두르고 있는 바비

인형을 집어 들었다.

"귈레이한테 카우걸 옷을 만들어 준 적도 있어."

"그게 뭐야?"

"여자 카우보이 옷이야. 귈레이는 영화 〈토이 스토리〉에 나오는 카우보이 우디를 정말 좋아해."

"그걸 어떻게 만들어 줬어?"

"우디가 입은 옷을 보고 그대로 만들어 줬어."

"미쳤다, 미쳤어. 정말 대단하다. 엄청 멋지다고."

알리스가 어깨를 으쓱했다.

"엄마, 아빠만큼 완전 잘하는 건 아니지만, 그래도 제법 잘 만드는 편이야."

카미유는 눈을 가늘게 뜬 채 골똘히 생각에 빠졌다. 곧 머릿속에 번뜩 어떤 생각이 떠올랐다. 멋진 생각이 난 카미유는 신이 나서 발을 굴렀다.

"알리스, 우리 드래곤 클럽을 만들자. 클럽을 만들어서 《드래곤 왕국》 8권의 뒷이야기를 만드는 경연 대회에 나가는 거야."

"뭐라고!"

"이야기를 만드는 건 나만 믿어. 아이디어가 무궁무진해. 너한테도 아이디어가 많을 것 같은데. 확실해. 배우나 스태프는 이야기에 맞춰서 정하면 돼. 알리스, 네가 있으니까 우리는 대단한 무대의상 전문가와 뛰어난 배우 한 명을 이미 확보한 셈이야. 너한테는 황금 손가락이 있고, 나는 앙귈라 여왕이 될 거야."

알리스는 앙귈라 여왕이 누구인지 머릿속으로 그려 보느라 눈이 가늘어졌다.

"앙귈라 여왕이라면…."

"새로운 인물이지. 우리가 만들어 내는 거야. 팔이 없는 여왕! 내가 그 역할을 하면 따로 분장할 필요도 없어. 바다에게 말을 거는 앙귈라라는 물고기 여왕이 지구 온난화에 맞서 싸우기 위해 증기를 물로 바꾸고, 수면을 상승시키고, 해류의 방향을 바꾸는 거야. 그래서 지구를 파괴하려는 트레보의 계획을 물거품이 되게 만드는 거지. 수중 촬영도 할 수 있어. 우리 엄마 휴대폰이 수중 촬영도 가능한 거야."

"어떻게 그런 생각을 했어?" 알리스가 물었다.

"다 네 덕분이야! 네가 내 웃옷 소맷단을 바느질하는

것을 보고 생각이 떠오른 거야."

카미유가 눈을 반짝이며 알리스를 뚫어지게 쳐다봤다.

"얼른 하겠다고 해, 알리스! 그리고 하리보 드라기버스 젤리를 하나 줘 봐. 젤리를 먹으면 좋은 생각이 떠오를 것 같아. 까만색 젤리를 줘. 그게 제일 맛있어! 그럼 잘해 보자는 의미로 우리 주먹 인사할까?"

이렇게 나오는데 도저히 안 하겠다고 할 수가 없었다. 카미유는 주먹 인사를 하자며 자기 볼을 내밀었고, 알리스는 자기 주먹을 카미유의 볼에 살짝 댔다.

"그래, 잘해 보자."

꾸물댈 시간이 없었다. 다음 날부터 연기할 친구를 찾아보기로 했다. 경연 대회의 접수 마감은 4월 중순이었다. 겨우 6주밖에 남지 않았다. 6주 동안 시나리오를 쓰고, 무대배경과 의상을 준비하고, 지상 촬영과 수중 촬영을 모두 마쳐야 한다. 카미유와 알리스는 오전에 쉬는 시간을 틈타 이 재미있는 모험을 함께할 만한 아이들로 후보 명단을 만들기 시작했다.

"압둘라를 넣자. 압둘라는 피부가 검다는 게 장점이야. 어둠의 왕자, 트레보 역할에 딱이지. 게다가 압둘라는 움직임이 민첩하고 유연해. 경사진 곳을 올라가는 것도, 나무를 오르는 것도, 뛰어오르는 것도 쉽게 할 수 있어. 다리를 일자로 벌릴 줄도 알아. 그리고 목소리도 참 좋아."

"니나랑 같이하면 좋겠어." 이번에는 알리스가 말했다.

"니나가 누구야?"

"우리 학교 2학년에 다녀."

"그런데 네가 어떻게 니나를 알아?"

"사실 난 유급했어. 작년에 같은 반이었거든. 니나는 뭐든 흉내를 잘 내. 타고났어. 억양까지 그대로 따라 한다니까. 타미로 유즈키가 만든 용의 언어도 술술 말할 수 있어."

"나는 용의 언어는 다 잊어버렸는데."

"나는 별표를 해 두고 페이지 아래에 나와 있는 번역을 찾아봐. 니나가 용들의 나라 여왕인 드라고니아 역을 하면 좋겠어."

"1학년 C반인 에드윈도 같이하면 좋겠어. 그림을 아주 잘 그리니까 무대장치를 맡으면 돼. 에드윈은 그림으로 상도 받았어. 너도 알지?"

"좋아. 나는 나시마를 추천해. 나시마는 마술을 잘해. 아니, 마술사야. 가끔 역사 선생님이 수업 시간에 보조 교사로 활용하지. 특히 우리가 복잡한 상황에 있는 인물을 잘 이해하지 못할 때 선생님은 나시마를 불러내서 문제를 해결하곤 하시지."

"나시마는 자크를 좋아하는데. 우리랑 안 한다고 할 것 같아."

"네가 그걸 어떻게 알아?"

"나시마가 자크에게 주려고 시를 썼어. 그 시가 나시마의 가방에서 떨어졌거든. '자크, 너의 눈은 밤하늘의 이름 없는 별들처럼 아름다워.'…." 카미유가 기내 방송을 하는 스튜어디스 같은 억양으로 나시마가 쓴 시를 낭송했다.

"이런…."

"우리 엄마가 늘 하는 말이 있어. 시도하지 않으면 아무것도 갖지 못한다고."

"아, 은둔자 로마노프 역할을 할 사람이 필요해."

"아르튀르! 아르튀르는 머리칼이 길고 꿈꾸는 듯한 표

정이어서 숲의 요정 같아.” 카미유가 소리쳤다.

“용의 나라 사람들, 앙궐라의 나라 사람들 역할을 할 엑스트라도 필요해.”

“그건 나중에 생각하자. 우선 주인공부터 정하고.”

카미유와 알리스는 점심을 먹고 나서 몹시 들뜬 상태로 쉬는 시간을 맞았다.

하지만 계획은 완전히 빗나갔다. 압둘라는 은둔자 역할을 하고 싶어 했다. 어둠의 왕자 트레보 역할은 거절했는데, 이유는 자신의 피부색이 검기 때문이라고 했다. 그러고는 아르튀르에게 검은 분장을 해 트레보 역할을 맡기는 게 어떻겠냐고 했다. 자신은 몸이 곤충 같아서 작은 초목이 우거진 숲에서 사는 은둔자 로마노프 역할에 딱 어울린다고 했다. 하지만 아르튀르는 습진 때문에 분장을 할 수 없었다. 마스크를 써야 한다면 자기가 그 역할을 연기하는 것 같지 않아서 재미없을 거라며 트레보 역할을 거절했다.

에드윈은 얼마 전 아르튀르와 다퉜다고 했다. 초등학교에 다니는 에드윈과 아르튀르의 동생이 학교 운동장에서 싸웠는데, 둘 다 자기 동생 편을 들다가 싸우게 되었고, 결국 서로 말도 안 하는 사이가 됐다고 했다. 게다가 에드윈은《드래곤 왕국》을 본 적이 없었다. 그 말을 듣고 알리스는 속으로 '아니, 어떻게 그럴 수 있어? 외계인인가?' 하고 생각했다. 심지어 만화는 자기 취향이 아니라고 했다.

니나는 무서운 꿈을 꿀 만큼 용이 무섭게 생겼다며 드라고니아 여왕 역할을 거절했다. 게다가 예전에 자동차 사고로 허벅지에 화상을 입은 뒤로는 불과 관련된 것이라면 다 무섭다고 했다. 잘 가, 드라고니아!

예상했던 것과 다르게 나시마만이 그 자리에서 여자 마법사 역할을 하겠다고 했다. 자크가 다른 여자아이를 좋아하는 걸까? 아니면 나시마가 보는 앞에서 자크가 사랑의 편지를 갈기갈기 찢어 버린 걸까?

"자크네 팀은 내가 필요 없다고 했어. 그 애들은 특수효과를 사용해서 영상을 찍을 거래. 마술은 너무 낡은 방식이래."

그래서 나시마는 한 팀이 되었다. 유일하게 카미유와 알리스가 제안한 역할을 하겠다고 승락했다. 나머지 아이들은 제각기 자기가 하고 싶은 역할을 맡겠다고 우겼다. 하지만 팔이 없는 여왕 역할을 카미유가 맡는 것에 대해서는 아무도 반대하지 않았다. 아이들은 모두 팔이 없는 여왕이 나오는 이야기를 무척 마음에 들어 했다. 알리스가 바느질을 할 줄 안다는 사실에 모두들 놀라면서 진짜인지 의심스러워하기도 했다.

"네가 바느질을 한다고? 정말이야?"

알리스는 아이들에게 자기가 바느질한다는 사실을 퍼뜨리지 말아 달라고 부탁했다. 카미유는 절대로 말하지 않겠다는 맹세를 하라고 말했다. 아이들은 생각해 보겠다고 대답했다. 생각해 보겠다는 것은 곧 퍼뜨리겠다는 말이다. 예의 없는 행동이지만, 어쨌든 아이들은 약속하지 않았다.

알리스와 카미유는 학교가 끝나고 실망한 표정으로 교문을 나섰다. 두 아이는 터덜터덜 광장을 걸어가다가 얼어붙은 연못 위에서 미끄러지며 빙빙 돌고 있는 오리를 보았다. 알리스가 한숨을 쉬었다.

"이제 뭘 하지?"

"모르겠어. 분명한 건 바느질할 줄 아는 애는 너밖에 없고, 팔이 없는 애는 나밖에 없다는 거야."

“나는 정말 앙귈라 여왕 역할을 하고 싶었는데.” 알리스가 눈을 깜박이며 애교 섞인 여왕 연기를 해 보였다.

카미유가 큰 소리로 웃었다.

“넌 안 돼. 앙귈라는 몸매를 드러내야 하잖아.”

“그건 그래….”

“뭔가 기발한 생각을 해내야 해. 그 수밖에 없어.”

기발한 생각은 잠시 미뤄 둬야 했다. 그 뒤로 며칠 동안은 마르세유 학생들의 파리 방문 행사로 바빴다. 마르세유 학생들과 함께 루브르 박물관을 견학하고, 틸르리 정원에서 점심을 먹은 다음, 놀이를 할 예정이었다.

마르세유에서 온 아이들과 파리 아이들은 처음 만나는 자리에서 자기랑 편지를 주고받은 친구가 누구인지 알아맞혀야 했다. 알리스는 편지 내용을 떠올리면서 마르세유에서 온 아이들을 찬찬히 살펴봤다. 릴리앙은 키가 170센티미터이고, 딱 봐도 달리기 선수 같은 다리라고 했었다. 금발 머리에 밤색 눈이라고 편지에 썼었다. 하지만 아무리 찾아봐도 딱 맞는 아이가 없었다. 오지 않은 건가?

“못 찾겠어.” 알리스가 투덜댔다.

"릴리앙 프롤레일 것 같은 아이는 여자아이밖에 없어. 저기를 봐. 빨간 점퍼를 입은 키 큰 여자아이. 170센티미터, 금발, 밤색 눈, 엄청나게 빨리 뛸 것 같은 튼튼한 다리…." 카미유가 말했다.

"여자아이라고?"

알리스가 믿을 수 없다는 표정으로 그 여자아이 쪽으로 다가갔다.

"어, 네가 릴리앙이야?"

"응, 맞아. 우리 엄마가 영국 사람이야. 릴리앙을 영어로 발음하면 릴리안이야. 여자아이 이름이지."

"그렇게 된 거구나. 나는 알리스야. 그리고 얘는 카미유, 내 숙제 짝꿍이야."

"아, 그 유명한 카미유! 네가 그…, 없다는…, 그러니까 카미유 베르티에구나."

"그래, 내가 카미유 베르티에야."

카미유, 알리스, 릴리앙은 서로 인사를 나누었다.

"너도 나를 만나기 전에는 내가 전혀 다른 모습일 것이라고 생각했었잖아. 기억나? 내가 휠체어를 타고 올 거라고 예상했던 거." 카미유가 알리스의 귀에 대고 속삭였다.

그날 카미유는 호기심 어린 수많은 시선이 온통 자신에게 쏟아지는 일을 다시 겪어야 했다. 알리스와 카미유는 릴리앙에게 아폴론과 다프네 조각상을 소개했다. 릴리앙은 타고난 달리기 선수인 자신을 위해 특별히 고른 조각상을 보고 즐거워했다. 셋은 멀리 등 뒤로 콩코르드 광장의 오벨리스크가 보이고 루브르 박물관이 가까이에 있는 곳에서 따스한 햇볕을 받으며 샌드위치를 먹었다.

카미유는 엽서에서만 보던 풍경 속에 자신이 들어와 있는 것 같은 느낌이 들었다. 마르세유에서 온 친구처럼 자신도 여행을 온 건 마찬가지라고 생각했다. 틸르리 정원에 와본 건 카미유도 오늘이 처음이었다.

카미유는 이사 와서 살게 된 이 도시가 점점 마음에 들었다. 학교도 좋아지기 시작했다. 주렁주렁 매달려 포도송이를 이룬 눈알은 이제 다시 꿈에 나타나지 않았다.

한여름의 재봉사

방학을 맞으면서 카미유와 알리스는 서로 500킬로미터나 떨어져 있게 되었다. 카미유는 엄마, 동생과 함께 일주일 동안 파르제볼에서 휴가를 보내게 되었다. 알리스는 아무 데도 가지 않았다. 2년에 한 번 여름에 터키에 가는 것을 제외하면 알리스는 어디에도 가 본 적이 없었다. 그런 건 아무래도 괜찮았다.

방학이 시작되는 날이 금요일인 건 정말 잘된 일이었다. 방학이 시작되기 바로 직전 수업에 자크가 깁스를 풀고 나타났다. 그건 자크가 이제 다른 아이들과 똑같은 상태로 뭐든 할 수 있게 되었다는 뜻이었다.

자크는 기하학에서 20점 만점에 3점을 받았다. 자크가 받은 모든 숫자에 빨간 줄이 그어져 있었다. 알리스는 통쾌했다. 알리스의 마음속에 살고 있던 작은 악마가 다시 머리 위로 불쑥 얼굴을 내밀었다. 20점 만점에 13점을 받은 알리스의 마음속에서 지금까지 한 번도 느껴 보지 못했던 용기가 느닷없이 불쑥 고개를 내밀었다.

"바보구나. 아무리 해도 안 되는 사람들이 있다던데 말이야. 체육 선생님이 그러셨잖아. 왼손만 두 개 달린 사람들이 있다고…." 자크가 등을 돌리고 있을 때 알리스가 작은 소리로 말했다.

카미유가 웃었다. 압둘라가 웃었다. 그리고 레나가 웃었다. 알리스가 한 말이 교실을 한 바퀴 돌았다. 수도 없이 많은 작은 악마들이 깨어나 저마다 작은 등불을 켜고 반 친구들의 머릿속에서 배를 잡고 웃어 댔다. 그리고 자크가 눈살을 찌푸린 채 소리 없이 '오' 발음을 하는 것처럼 입술을 둥그렇게 오므리고 천천히 뒤를 돌아보았다. 그러더니 눈도 깜박이지 않고 알리스를 쏘아보면서 숨을 거칠게 내쉬었다. 알리스는 세상에 무서운 것 하나 없는 상남자 같은 표정을 지으며 태연한 척하려고 애를 썼지만, 속으로는 덜덜 떨고 있었다. 곧 무서운 보복을 당할 것 같다는 불길한 예감이 들었다. 자크는 복수할 때는 피도 눈물도 없었다.

알리스가 침을 꿀꺽 삼켰다. 그리고 얼른 얼굴에 미소를 지어 보였다. 생각해 보니 이전에 창피한 행동 때문에 본의 아니게 친구들이 웃은 적은 있지만, 자신이 웃기려고 한 말에 친구들이 웃은 것은 이번이 처음이었다. 친구들이 자기가 한 말에 웃었다고 생각하니 뿌듯했다. 다른 사람을 웃겼다는 결과가 중요했다. 방학은 그런대로 기분 좋게 시작되었다.

알리스는 방학 내내 재봉사로 살기로 마음먹었다. 전날 저녁에 부모님의 작업실에서 나시마와 카미유의 몸 치수를 미리 재 두었다. 목둘레, 가슴둘레, 허리둘레, 상체 길이, 다리 길이까지. 그리고 나시마의 팔 길이도 쟀다.

알리스는 옷본 위에다 모든 치수를 옮겨 놓았다. 커다란 트레이싱페이퍼 위에 연필로 그린 나시마와 카미유의 실루엣이 거의 비슷하게 나타났다. 옷본 위의 나시마는 보통 키에 포동포동한 모습이다. 카미유는 작고 호리호리하다. 조금만 상상해도 여자 마법사와 물의 여왕의 모습이 저절로 눈앞에 떠올랐다. 알리스는 재단 테이블 위에 옷본을 고정해 놓고, 천의 질감과 색깔, 옷의 모양을 어떻게 할까 궁리했다.

"여자 마법사는 요정 드레스를 입을 거야?" 귈레이가 마들렌을 입에 한가득 넣고 삼키면서 물었다.

"요정이 아니라 여자 마법사거든."

"여자 마법사랑 요정이랑 비슷한 거 아니야?"

"요정은 드레스를 입지만, 여자 마법사는 마법사 복장을 해야지."

"아하! 근데 둘이 어떻게 다른데?"

"흐음…, 암튼 여자 마법사가 요정 드레스를 입지는 않을 거야."

귈레이는 잘 모르겠다는 표정으로 마들렌을 하나 더 입에 넣었다.

"그럼 어떤 옷을 입을 건데?"

"나도 몰라. 어쨌든 반짝이는 장식이 달린 아름다운 드레스를 입고 마술 지팡이를 들지는 않을 거야." 알리스가 짜증 섞인 말투로 대답했다.

"드레스에 반짝이 장식이 없다고?"

"으아아아! 생각 좀 하게 가만히 있어라."

그래, 그거다! 커다란 튜닉 드레스!! 알리스는 여자 마법사의 옷으로 폭이 넓은 튜닉 드레스를 만들기로 마음먹었다. 그리고 여자 마법사 근처에는 항상 바람이 불며, 자신이 곧 바람이라는 것을 표현하기 위해 여자 마법사 바로 옆에 선풍기를 놓아서 옷을 펄럭이게 하자고 생각했다. 여자 마법사의 옷은 바람이 가득 들어가 부풀어 올라 있는데, 그 앞에 마주 선 트레보의 옷은 전혀 그렇지 않다면 어떨까? 아주 가까이에서 마주 보고 서 있어도 두 사람이 마치 같은 장소에 있지 않고, 같은 계절에 있지 않은 것 같은 기이한 느낌을 줄 수 있을 것 같았다.

"카미유는 무슨 역할이야?"

"물의 여왕이야."

"으으, 무서워. 괴물의 여왕이라니. 해골들만 사는 거야?"

"괴물이 아니야. 물에 사는 공주라고! 물 말이야, 물!"

"세이렌 같은 거야?"

"세이렌하고는 달라. 카미유는 팔이 없으니까."

"그럼 물고기야?"

"아니야. 카미유는 다리가 있잖아."

"오빠가 다리를 보이지 않게 만들 수 있잖아."

"쉬이이잇, 그만!"

알리스는 입을 앙다물었다. 끝없이 묻는 여동생이 옆에 있어서 도무지 집중할 수가 없었다. 귈레이는 한 개 남은 마들렌을 마저 먹어 치웠다. 그러고는 버터가 잔뜩 묻은 손가락을 부산스럽게 핥았다.

"아주 아주 예쁜 물고기가 세상에 얼마나 많은데. 선생님이랑 아쿠아리움 갔을 때 내가 봤어."

아쿠아리움이라고? 그래, 바로 그거야! 아쿠아리움에 가면 멋진 아이디어가 마구 떠오를 것 같았다. 알리스는 꼬맹이 여동생 쪽으로 몸을 숙여 끈적거리는 뺨에 뽀뽀를 해주었다.

"귈레이 일디즈, 넌 천재야."

"그런 것도 모르다니…." 귈레이가 뺨을 닦으면서 투덜댔다.

마침 돌아오는 일요일이 알리스의 생일이었다. 알리스는 생일날 아쿠아리움으로 가족 나들이를 가자고 했다.

알리스와 여동생, 부모님까지 네 식구가 모두 4월 첫째 주 일요일에 지하철을 타고 포르트 도레 아쿠아리움에 갔다. 벌써 몇 달째 알리스 엄마와 아빠는 일요일에 일을 쉬어 본 적이 없었다. 일주일 내내 재봉틀에 코를 박고 일만 했다. 낮은 천장을 머리에 이고 형광등 불빛만 쳐다보았다. 그러다가 오랜만에 나들이를 나와 햇볕을 쬐고 탁 트인 파란 하늘을 보니 무척 행복했다.

알리스네 가족은 벵센느 숲으로 가서 흰 식탁보를 펼친 뒤, 천으로 된 냅킨과 플라스틱 도시락통을 가지런히 늘어 놓았다. 도시락통 안에는 아직 따뜻한 작은 파이와 맛있는 냄새를 솔솔 풍기는 고기만두가 들어 있었다. 주변에서 새들이 가까이 다가오지는 못하면서도 음식을 먹고 싶다는 듯 쳐다보고 있었다. 알리스네 가족은 식사를 마친 뒤 마지막으로 알리스가 가장 좋아하는 디저트인 작은 사과 파이에 초를 꽂고 촛불을 훅- 불어 끄려고 했지만, 알리스가 불기도 전에 바람이 먼저 꺼 버렸다.

다음으로 수족관에 간 알리스네 가족은 어둠침침한 아쿠아리움 안을 걸으며 엄청나게 큰 수족관 유리창을 바라보았다. 수족관에는 강과 바다의 바닥이 그대로 재현되어 있었고, 물이 계속 흐르고 있었다. 형형색색의 물고기가 바위와 해초와 물에서 핀 꽃 사이를 이리저리 구불거리며 헤엄치고 있었다. 수족관 안은 느리고 조용한 세상이었다.

알리스는 유리창 앞쪽에 붙여 놓은 물고기 이름을 읽고 엄마, 아빠에게 터키어로 설명해 주었다. 그러는 동안 귈레이는 이리저리 돌아다니며 수족관 유리창에 손가락 자국을 남기고 있었다. 쥐가오리, 하얀 물방울무늬가 있는 민물가오리, 머리에 뿔 같은 돌기가 솟아 있는 표문쥐치, 나비고기, 흰동가리, 가재, 푸른 바닷가재, 속이 비치는 투명한 심해어, 화려한 공주 드레스를 입은 듯한 메두사 물고기, 게다가 상어도 있었다. 비늘과 표면, 살갗에서 빛이 나고 반짝거리는 물고기, 푸른색이었다가 붉은색으로 변하는 보라색을 띤 물고기가 있었다. 저런 색깔의 옷감이 있을까?

"바다의 재봉사야말로 정말 대단한 재봉사로구나." 아빠가 웃으면서 속삭였다. 맞는 말이었다.

알리스는 선명한 초록색에 몸집이 아주 작은 해마를 발견했다. 물속에서 몸을 꼿꼿이 세우고 있는 모습이 보석처럼 예뻤다. 가늘고 섬세한 실루엣이 카미유와 닮은 데가 있었다. 하지만 해마는 몸이 뻣뻣했고, 곧게 서서 다녔다.

알리스는 뱀장어를 찾아냈다. 앙귈라의 뱀장어*, 카미유의 뱀장어는 해마와 달리 바닥과 수평이 된 상태로 유연하게 헤엄쳤다. 알리스는 지금까지 한 번도 뱀장이를 본 적이 없었다. 그냥 뱀하고 비슷하게 생겼다고만 알고 있었다. 몸을 유연하게 구불거리며 헤엄치는 뱀장어가 수영장에서 수영하던 카미유와 어딘지 비슷해 보였다.

수족관에는 수없이 많은 뱀장어가 있었다. 회색 뱀장어, 검은색 뱀장어, 물방울무늬나 반투명 뱀장어가 있었다. 등지느러미가 있는 뱀장어도 있었는데, 등지느러미가 정성스럽게 빗은 긴 머리카락 같아 보이기도 하고, 스카프를 두

* 뱀장어를 프랑스어로는 anguille이고, 앙귀이라고 발음한다.

른 것처럼 보이기도 했다. 전기뱀장어도 있었다. 날카로운 이빨이 수없이 많은 뱀장어의 입을 봤다. 길이가 무려 2미터나 되는 뱀장어가 있고, 600볼트의 전기를 만들어 내는 뱀장어도 있다는 것을 알게 되었다. 그런데도 알리스는 뱀장어가 무섭지 않았다. 뱀장어는 잔인하지 않다. 위험할 때 자신을 보호하거나 배가 고파서 다른 물고기를 잡아먹는 것일 뿐이라고 생각했다.

알리스는 수족관 앞에 서서 뱀장어를 보면서 뱀이 아니라 카미유를 떠올리고 있었다. 물결치듯 몸을 구불거리는 뱀장어를 보면서 그 모습이 우아하다고 생각했다. 마치 긴 리본을 달고 춤을 추는 것 같았다. 앙귈라 여왕에게는 확실히 탄력성이 있는 옷감이 어울리겠다는 생각이 들었다. 카미유의 다리를 보이지 않게 감싸서 정말로 뱀장어로 보이게 하면서도 자유롭게 움직이게 할 수 있는 탄력성 있는 옷감이 필요했다. 수영복에 주로 쓰는 라이크라 같은 옷감이면 좋겠다. 그리고 열대 지방 물고기의 느낌이 나게 반짝이는 옷감이면 좋겠다. 앙귈라 여왕은 뱀장어와 달리 빛을 사랑하니까. 카미유가 알리스에게 알려준 앙귈라 여왕은 진흙과 물의 바닥을 좋아하고, 밤을 몰아내고, 어둠 속에서도 볼 줄 안다고 했다.

다음 날 알리스는 아버지를 따라 직물 도매시장에 갔다. 돈이 없어서 가격을 중요하게 봐야 했다. 아버지가 옷감을 사 주기로 했다. 알리스는 창고 구석에서 물고기 비늘 같은 느낌이 나는 푸른색 라이크라 몇 미터를 찾아서 꺼냈다. 아무도 관심을 갖지 않을 법한 천이었다. 도매상인은 그 천을 알리스에게 선물로 주었다. 또 알리스는 옷 만드는데 필요한 재료를 파는 가게 선반에서 은빛으로 수를 놓을 때 쓰는 금속 조각을 발견했다. 물고기 비늘 같은 느낌이 나는 천과 아주 잘 어울렸다.

좀 더 돌아다닌 끝에 알리스는 보라색의 고급 모슬린 천을 발견했다. 속이 훤히 보일 만큼 얇아서 천을 여러 겹 겹치면 속이 비쳐 보이지 않으면서도 가벼워 보이는 느낌을 유지할 수 있을 것 같았다. 옷 아래쪽으로 선풍기 바람을 보내면 나시마가 날아가는 것 같은 느낌도 줄 수 있을 것이다.

"네가 쓸 거냐?" 가게 주인이 물었다.

"아, 네."

"네가 직접 바느질을 한다고?" 가게 주인이 깜짝 놀라 물었다.

"네, 얘가 재능이 있어요. 안타까운 일이지요." 알리스 아빠가 말했다.

어쩔 수 없었다. 아빠는 여전히 아들이 교수나 의사나 은행원 또는 상인이나 엔지니어가 되기를 바라고 있었다. 기술자나 재봉사가 되기를 바라지 않았다.

"그러면 이 모슬린 천을 그냥 주마. 네 아빠가 우리 가게 단골손님이란다. 모슬린 천으로 뭘 만들 거냐? 네가 입을 옷은 아닐 것 같은데."

"네, 절대 아니에요. 여자 마법사의 튜닉을 만들 거예요." 알리스가 대답했다.

"여자 마법사의 옷이라…. 어쨌든 잘되기를 바란다."

다음날 알리스는 눈이 빠질 정도로 온종일 옷 만들기에 매달렸다. 옷본을 놓고, 천을 자르고, 잘라 놓은 천 조각을 맞춘 다음, 시침질로 이어 붙였다. 엄마가 식사 준비를 하거나 아빠가 샤워하느라 재봉틀이 비어 있는 틈을 타 천의 가장자리를 접어 재봉틀로 감쳤다. 그리고 은빛 나는 금속 조각을 달아 옷감을 장식하고, 끈이 꿰어지게 해서 여자 마법사의 튜닉에 커다란 두건을 붙였다. 그런 다음 전체적으로 잘 만들어졌는지 보기 위해 스톡맨 마네킹에 옷을 입혀 보았다.

엄마와 아빠는 옷을 이리저리 살펴보고 서투른 부분을 손봐 주었다. 주름을 잡아 주고, 허리띠를 달아 주는 등 여기저기 고쳐 주었다. 그러고는 감탄하는 눈길로 알리스가 만든 옷을 바라보며 고개를 끄덕였다. 완벽하진 않지만, 아들에게 특별한 손재주가 있다는 것은 두말할 필요 없는 사실이었다. 귈레이는 샘이 나서 투정을 부렸다. 자기도 뱀장어 드레스를 입고 싶다고 했다.

알리스는 한 주가 다 지나도록 마치 방학이 아닌 것처럼 잠시도 쉬지 못하고 바쁘게 지냈다. 말 그대로 터키 사람처럼 쉴 틈 없이 일했다. 알리스는 이웃 사람이나 아빠가 '터키 사람처럼 일한다.'는 말을 하면 이해할 수 없었다. 터키 사람이 다른 사람보다 더 많이 일한다는 게 사실일까? 만약 그렇다면 오히려 그러지 말고 자기 몸을 아끼라고 조언하거나, 주위 사람들에게 터키 사람을 너무 힘들게 하지 말라고 해야 하는 것이 아닐까, 하는 생각이 들었다.

어쨌거나 옷을 만드느라 바쁘게 지내는 바람에 당연히 방학 숙제는 건성건성 대충했다. 하지만 그 덕분에 카미유와 나시마에게 멋진 옷 두 벌을 보여 줄 수 있게 되었다. 자기가 만든 옷을 보여 주려고 하니 좀 긴장되기도 했다. 그래도 알리스는 빨리 옷을 보여 주고 싶었다.

알리스가 열심히 옷을 만들고 있던 그 시간에 카미유는 파르제볼에 와 있었다. 그토록 사랑했던 작은 집과 인라인스케이트장, 친구와 사촌들을 카미유는 무척 그리워했었다. 파르제볼의 친구들은 오랜만에 만난 카미유에게 파리가 어떤지 물었다. 카미유는 무척 아름답고, 엄청 큰 도시라고 말했다. 그리고 어쨌든 요즘에는 흐린 날이 많고, 비가 많이 내린다는 말도 했다. 루브르 박물관에 갔던 일, 거기서 밀로의 비너스를 본 일, 새로운 학교의 아이들이 자기 모습에 익숙해지기까지 꽤 오랜 시간이 걸렸던 일 등을 이야기했다. 알리스와 함께 만들려고 하는 드래곤 클럽과 앙궐라 여왕 이야기도 했다.

파르제볼의 친구들이 경연 대회에 나가기 위해 만든 클럽은 시나리오가 잘 써지지 않아서 애를 먹고 있었다. 친구들은 앙궐라 여왕이라는 새로운 인물이 기발하다고 감탄하며 카미유를 부러워했다.

"열대어가 많이 있는 수족관을 촬영해서 배경으로 사용하면 좋을 것 같아, 카미유."

"곧 수영장에서 내가 헤엄을 치는 장면을 촬영할 거야. 내 의상이 만들어지면 말이야. 물속에서 찍는 장면이 많아. 우리 학교에 수영장이 있어. 체육 선생님은 나한테 무척 친절하시고. 나 요즘 수영 수업을 다시 받고 있거든."

"그래도 어쨌든 수영장 장면 이외에 수족관 장면도 있으면 좋을 것 같아."

"집에 수족관 있는 사람 있어?" 카미유가 물었다.

"조나단네 집에 있어."

카미유는 조나단네 집에 가서 물고기를 동영상으로 찍었다. 새끼손가락만 한 크기에 물결무늬가 있는 네온테트라, 지느러미가 많아서 등에 부채를 얹고 있는 것처럼 보이는 물고기, 오렌지색과 검은색 줄이 있는 청소 물고기, 표범 무늬 얼룩 반점이 있는 물고기, 수염이 난 물고기까지 수많은 물고기가 형형색색의 산호 사이에서 함께 어우러져 살고 있었다. 이로써 이야기의 배경이 될 장면을 미리 찍은 셈이 되었다.

이제 카미유는 알리스가 만들었다는 옷을 얼른 보고 싶었다. 그 생각을 하니 마음이 긴장되고 설레었다.

파리로 돌아온 카미유는 알리스 부모님의 작업실에서 진짜 비늘 같은 느낌이 나는 감색과 군청색의 몸에 꼭 맞는 드레스를 보았다. 그리고 탈의실에 들어가서 마치 튜브를 통과하듯이 몸을 위쪽에서부터 옷 안으로 집어넣었다. 그러자 진짜 앙궐라가 되었다. 그 옷은 은빛으로 반짝거리는 금속 조각으로 덮여 있었다. 이렇게 멋진 옷을 만들다니! 카미유는 깜짝 놀랐다. 보라색 모슬린 튜닉을 입은 나시마의 모습도 근사했다.

알리스의 눈이 반짝였다. 자랑스러워하는 기색이 역력했다. 카미유와 나시마가 귈레이의 박수를 받으며 나란히 거울 앞에 서 있는 동안 알리스는 아무 말도 하지 않았다.

입에 시침 핀을 물고 있다가 옷을 몸에 딱 맞게 고치기 위해 시침 핀을 꽂는 것으로 만족했다. 눈을 반쯤 가늘게 뜨고 있는 알리스의 어깨 위로 알리스 아빠가 손을 얹었다. 카미유는 눈치채지 못했지만, 그 순간에 알리스의 심장은 북을 치듯 울리고 있었다. 옷을 멋지게 만들어 냈기 때문에만 심장이 뛰는 것은 아니었다. 카미유 때문이었다. 옷 색깔과 잘 어울리는 붉은색 머리칼이 카미유를 더욱 아름다워 보이게 했다.

알리스는 뱀장어가 된 카미유를 물끄러미 바라보았다. 언제나 환한 빛이 나고, 상상력이 넘치는 여자아이인 카미유가 자신의 바느질 솜씨를 믿어 주었다. 그 결과 알리스는 시인이 되어 옷으로 시를 썼다. 알리스가 자기 자신을 **뚱뚱한** 남자아이 그 이상이라는 것을 깨닫게 해 준 사람이 바로 카미유였다.

"정말 놀라운 솜씨야, 알리스." 카미유가 거울에 비친 자기 모습을 바라보며 말했다.

나시마가 고개를 끄덕였다.

"맞아, 정말 그래."

저녁 무렵에 니나가 알리스네 집으로 들이닥치지 않았더라면 완벽한 저녁 시간이 되었을 것이다. 니나는 눈알이 튀어나올 것처럼 눈을 동그랗게 뜨고 숨을 몰아쉬었다.

"구역질이 난다. 역겨워. 타오가 나한테 전달해 준 이 사진 좀 봐."

니나가 휴대폰을 내밀었다. 휴대폰 화면에 사진이 줄줄이 떠 있었다. 첫 번째 사진은 이로 탁구 라켓을 물고 있는 카미유를 클로즈업해서 찍은 사진이었다. 탁구를 치느라 사팔눈이 되어 있었고, 몸은 이상하게 뒤틀려 보였다. 다음은 뛰어오르고 있는 알리스의 사진이었다. 배가 맨살로 드러나고, 바지 틈으로 팬티 고무줄이 보였다. 살이 많아 물렁물렁한 뺨이 출렁거리고, 입을 벌린 채 공을 놓치고 있는 장면이었다. 사진 아래에는 이런 글이 씌어 있었다.

'드래곤 클럽이라고? 차라리 괴물 진열장이라고 하지 그랬어. ㅋㅋ'

알리스는 숨이 막히는 것 같았다. 자크에게 왼손이 두 개라고 말한 뒤로 언젠가 자크가 반드시 보복할 것이라고 예상은 했었다. 무엇보다 카미유가 상처받을 것을 생각하니 가슴이 아팠다. 그런데 카미유는 사진을 보고는 감탄하며 말했다.

"내 눈엔 이 사진이 오히려 멋져 보이는데. 그렇지 않아?"

아무도 카미유의 말에 동의하지 않았다.

"그런데 너는 왜 이 사진을 우리한테 보여 주는 거야?" 알리스가 덤덤한 목소리로 니나에게 물었다.

"자크가 이 메시지를 반 아이들 전체에게 보냈거든. 이걸 보고 나는 결심했어. 드래곤 클럽이 멋지다는 것을 반드시 증명해 보이고 말겠다고."

"그럼 네가 우리 클럽에 들어오는 거야?" 카미유는 기뻐서 어쩔 줄 몰랐다.

"나는 《드래곤 왕국》 만화를 본 적이 없어. 또 지난번에 얘기했듯이, 교통사고로 화상을 입은 뒤로 불이니 불꽃이니 하는 것은 다 무섭거든. 그래도 너희들하고 함께 영상을 만들어 볼래. 우리가 결국 '괴물 같은' 창조성을 발휘할 것 같지 않니?"

알리스는 조용히 박수를 쳤다. 심장이 조여드는 것 같

았다. 카미유의 입술이 가늘게 떨리고 있었다. 자크는 친구들을 자기편으로 만들고, 카미유와 알리스를 모두의 적으로 돌리려고 고약한 수작을 부렸지만, 자크의 작전은 보기 좋게 실패했다. 오히려 생각지도 못하게 드래곤 클럽에게 멋진 선물을 안겨 준 셈이 되었다.

개학을 며칠 앞두고 아이들은 과감하고 결단력 있게 일을 밀어붙이기로 했다. 가장 먼저 할 일은 아르튀르와 에드윈, 그리고 압둘라에게 함께 영상 경연 대회를 준비해 보자고 설득하는 것이었다. 그러려면 자크가 SNS에 올린 잔인한 사진만으로는 충분하지 않았다. 그 아이들은 알리스와 카미유의 복수를 해 주겠다는 이유만으로 드래곤 클럽에 합류하지는 않을 것이다. 그래서 카미유의 첫 번째 임무는 에드윈과 아르튀르의 동생 둘을 화해시키는 것이 되었다.

마침 두 동생은 카미유 여동생과 같은 반이었다. 또 같은 스케이트보드 파크에 다녔다. 처음에 두 동생은 서로 만나기 싫다고 단칼에 거절했다. 하는 수 없이 카미유는 두 아이를 만나서 왜 사이가 나빠졌는지 양쪽 모두에게 이유를 물었다. 차마 다 말하지 못한 이야기가 엄청나게 많다는 둥, 억울하게 벌을 받았다는 둥, 잘못은 자기가 해 놓고 거짓말을 했다는 둥 두 동생은 여러 가지 이유를 댔다. 하지만 결국 서로 제대로 알고 있는 것이 없었다. 바로 지금이 간식을 먹을 타이밍이라고 카미유는 생각했다.

"크레페를 먹으면서 그동안 있었던 일을 다 잊기로 하면 어떨까?"

사실 두 동생은 배가 고파 죽을 지경이었다. 낮에 스케이트보드를 탄 뒤로 아무것도 먹지 못한 것이다. 설탕을 듬뿍 뿌린 크레페 두 장을 먹고 나서 더는 서로를 비난하는 말은 하지 않았다. 얼마나 오래 갈지는 모르겠지만 말이다.

형들도 화해했다. 에드윈이 무대배경을 그리겠다고 했다. 그러려면 여덟 권이나 되는 만화를 읽어야 하는데, 그것도 하겠다고 했다. 사실 만화를 읽는 건 시간이 얼마 걸리지 않는 쉬운 일이었다. 이제 은둔자 로마노프와 드라고니아 여왕 역할을 정하는 문제가 남았다.

아르튀르와 압둘라예는 서로 은둔자 역할을 원했다. 누가 드라고니아 여왕 역할을 맡고, 누가 어둠의 왕자 트레보 역할을 맡을 것인지 결판을 내야 했다. 드라고니아 여왕은 어둠의 왕자 트레보의 공격으로 붉은 용이 죽은 뒤 불이 꺼져 버린 종족, 드래곤족의 여왕이다. 트레보는 악의 힘으로 은하계 전쟁에서 승리한 일시적인 정복자이다. 아르튀르가 트레보의 행동을 그대로 재현해 보였지만 결국 포기해야 했다. 검은색 분장을 할 수 없었다. 그렇다고 자신이 여왕 역할을 맡을 수는 없지 않느냐고 농담처럼 말했다.

"왜 안 돼? 드래곤족의 언어는 내가 가르쳐 줄게. 넌 가발을 쓰고 보석으로 꾸미기만 하면 돼. 또 트레보 역할을 맡지 않으면 넌 불 가까이 가지 않아도 돼." 니나가 열을 올리며 말했다.

그래도 아르튀르는 싫다고 했다. 남자인 내가 드라고니아 여왕이라고? 그게 무슨 도전이야.

"이것만 결정하면 다 끝나."

"그렇다면 어쩔 수 없지. 좋아, 내가 할게."

그런데 드래곤 클럽에는 음향 담당이 없었다. 아르튀르가 제롬을 데려오면 어떻겠냐고 했다. 제롬은 학교에서 제일가는 타악기 연주자이고, 모든 종류의 체명악기를 다룰 줄 알았다. 여기서 도대체 체명악기가 뭐야, 하면서 궁금해하는 독자들이 있을 것이다. 체명악기는 멜로디가 아닌, 소리를 만들어 내는 모든 악기를 가리키는 말이다. 다시 말해 체명악기의 음에 맞춰 노래를 부를 수는 없다. 젬베, 탐탐(징처럼 생긴 금속 타악기), 둔둔(서아프리카에서 연주하는 북 형태의 타악기), 트라이앵글, 크레셀(문질러서 소리를 내는 악기), 심벌즈, 차임…. 그리고 국자로 두드리는 냄비, 곡식을 채운 요거트 통 등 소리를 만들어 낼 수 있는 도구라면 뭐든 가능하다.

또 깜짝 놀랄 만한 손님이 찾아왔다. 레나였다. 개학 전날 알리스와 빵집에서 마주친 레나가 먼저 춤을 추는 불의 역할을 맡고 싶다고 말했다. 불은 트레보가 최종적으로 패배하고 앙귈라의 노력으로 물이 상승한 뒤에 다시 살아나 드래곤족에게 돌아온다. 그리고 삶의 에너지와 우주의 지배권을 드래곤족에게 되돌려 준다. 레나는 엔딩 장면에 쓸 안무까지 생각해 놓았다. 빵을 사기 위해 사람들이 길게 줄을 서 있는 것을 보고 영감을 얻었다는데, 움직임을 최소화해 불을 표현하는 춤을 출 계획이라고 했다.

"야! 정말 좋다. 나중에 그 춤을 보게 되겠지. 어쨌든 네

의상을 어떻게 만들어야 할지 떠올랐어. 뾰족한 장식에 붉은색과 노란색 천을 감을 거야. 그런 다음 치마의 허리와 소맷부리에 그 장식을 매다는 거야. 목에도 둘러야겠지. 내가 널 멋진 불로 만들어 줄게. 날 믿어 봐."

알리스는 압둘라의 옷에는 나뭇가지와 마른 풀을 꿰매 붙일 생각이었다. 재료는 공원을 청소하기 전에 가서 나뭇가지와 마른 풀을 가져오기만 하면 쉽게 얻을 수 있었다. 트레보가 사용할 번쩍거리는 검은색 무기는 두꺼운 새틴 천으로 만들고, 드라고니아 여왕의 푸른색 뱀은 중국에서 설날마다 거리 행진을 하는 용의 모양에서 아이디어를 얻어 금실로 커다란 비늘을 만들 생각이었다.

방학이 끝날 때쯤 알리스의 눈 주위에 다크 서클이 생겼다. 알리스는 부모님이 잠자는 시간, 그러니까 재봉틀이 비어 있는 시간을 틈타 옷을 만들었다. 재봉틀을 아예 자기 방으로 가져가 일을 했다. 부모님은 알리스의 솜씨와 열성에 깜짝 놀랐다. 그래서 그렇게 하도록 허락했다.

"숙제는 다 했겠지?"

"그럼요…."

"정말로?"

알리스는 개학 전날 밤에 의상을 다 만들었다. 그러느라 완전히 지쳐 버렸다. 방학 숙제도 끝내지 못했다. 하지만 어쩔 수 없었다. 카미유가 얼른 촬영을 하고 싶어 해서 마음이 급했다. 이제 촬영할 준비가 다 된 셈이었다.

우리가 해냈어!

꿀벌은 봄에 부지런히 움직인다고 생명과학 선생님이 말했다. 선생님은 주말이면 양봉을 하는데, 벌에 쏘일까 봐 얼굴 부분에 방충망이 달린 우주비행사 복장 비슷한 것을 입고서 벌통을 돌본다고 말했다. 벌통 안에는 꿀벌의 유충이 자라고 있으며, 꿀벌들이 수천 종의 꽃에서 가져온 꽃가루의 수확량이 점점 늘어난다고 설명했다. 그리고 육각형의 벌집 안에서 꿀이 만들어진다고 했다.

선생님은 커다란 통에서 진짜 벌집을 꺼냈다. 투명한 꿀이 벌집 구멍에서 진한 시럽이 되어 흘러내렸다. 지켜보고 있던 카미유의 입에 저절로 침이 고였다. 벌집 안에 있는 달콤한 꿀을 전부 다 마셔 버리고 싶었다. 선생님은 꿀 단지와 나무 막대를 반 전체에 돌려서 모두가 맛을 보게 했다. 꿀은 달콤했다.

5월에 카미유와 알리스의 드래곤 클럽은 꿀벌처럼 부지런히 움직였다. 경연 대회 마감이 3주 남았다. 아이들은 자크와 자크네 클럽 아이들이 어디서 뭘 하건 신경 쓰지 않았다. 자크는 아예 없는 사람이라고 생각하자고 자기들끼리 결정해 버렸다. 그리고 꿀벌처럼 아이디어를 모으고 영상을 수확했다. 임시로 〈앙귈라의 힘〉이라고 제목을 붙인 영상이 아이들에게는 꿀인 셈이었다.

드래곤 클럽 아이들은 카미유 집에 모여서 시나리오를 다듬고, 각 장면의 어색한 부분을 고쳤다.

• 시퀀스 1. 그림을 이용해 《드래곤 왕국》 8권의 마지막 장면을 회상한다 : 어둠의 왕자 트레보가 붉은 용을 죽이면서 드래곤족의 시대는 막을 내린다. 붉은 용이 죽으면서 우웬 은하계에서는 거의 모든 생명이 흔적도 없이 완전히 사라졌다. 불도 없고, 식물도, 동물도, 물도 없다. 대양도, 바다도, 강도, 호수도, 물웅덩이도 없다. 배경음악은 제

롬의 체명악기 연주. 무미건조한 느낌으로. → 손과 두드릴 수 있는 여러 가지 물건으로 소리를 낸다.

• 시퀀스 2. 모든 식물이 죽어 버린 숲에서 은둔자 로마노프가 죽은 나무의 줄기를 기어 올라간다. 은둔자 로마노프는 사막이 되어 버린 주변을 둘러보고 있다. 시커멓게 변한 나무 둥치가 수천 개도 넘게 널려 있다. → 이때 카메라는 에드윈이 도화지에 그린 을씨년스러운 풍경을 촬영한다. 황갈색의 땅은 갈라져 있고, 돌이 무수히 널려 있다. 아름다운 숲은 온데간데없이 사라지고 말라 버린 숲만 남은 풍경이다. 은둔자 로마노프가 신령한 나무가 있는 곳으로 돌아온다. 이 나무는 이 숲에서 아직 살아 있는 유일한 나무이다. 로마노프는 생명이 돌아오기를 기다리면서 신령한 나무가 생기를 잃지 않도록 보살피고 있다. 제롬의 체명악기 연주. 곡 제목은 〈숲〉. 막대, 크레셀(바람개비 모양의 따르륵 소리를 내는 장난감)로 소리를 냄.

• 시퀀스 3. 드라고니아 여왕이 등장한다. 여왕은 붉은 용의 죽음으로 불이 꺼지면서 푸른색으로 변해 버린 상태이다. 드라고니아 여왕이 드래곤족의 언어로 된 긴 시를 읊

는다. 악의 세력에 지배당하게 되면서 우웬 은하계가 종말을 맞게 되었다는 내용이다. 드라고니아 여왕은 이웃에 있는 아쿠아니 은하계의 앙귈라 여왕이 물을 우웬으로 돌아오도록 설득해 주기를, 그래서 생명이 되살아나게 되기를 간절히 기원한다. 제롬이 심벌즈를 긁어서 소리를 냄. 곡 제목 〈금빛의 속삭임〉.

• 시퀀스 4. 에드윈이 도화지에 그린 두 번째 그림이 나타난다. 끝없이 펼쳐진 하얀 모래 위에 바다에 사는 포유동물의 뼈, 속이 빈 조개껍데기, 바닷새의 뼈, 바다에서 죽은 물고기의 뼈가 널려 있다. 소리가 마치 쏟아지듯 한꺼번에 들려온다. 제롬의 체명악기 연주. '물기를 머금은' 듯한 느낌이 나는 소리. 차임벨, 작은 종, 트라이앵글 등.

• 시퀀스 5. 앙귈라 여왕이 아쿠아니 은하의 깊은 바닷속을 수영한다. → 수영 코치님이 허락한다면 수영장에서 찍은 영상 + 파르제볼의 조나단네 집에서 찍은 수족관 영상을 쓴다. 이때 드라고니아 여왕이 간절하게 도움을 요청하는 소리가 들려온다. 우웬 은하에 물을 되돌려 놓으려면 앙귈라 여왕은 자신이 가진 에너지를 모두 써야 하는 위험

을 감수해야 한다. 그런데도 드라고니아 여왕의 부름에 답해 그 일을 하겠다고 결심한다. 제롬은 이 장면에서 물소리를 넣자고 제안했다. 물을 물병에 담아 샐러드 접시에 부어서 소리를 만들기로 했다. 제롬의 엄마가 영상에 소리를 입히는 방법을 알고 있어서 도와주기로 했다.

• 시퀀스 6. 여자 마법사와 트레보가 하늘 궁전의 한 장소에서 서로 마주 보고 서 있다. 여자 마법사는 앙귈라 여왕의 먼 친척이다. 앙귈라 여왕이 트레보의 방해를 받지 않고 편하게 움직일 수 있도록 트레보의 관심을 끌어야 한다. 앙귈라 여왕이 하는 일은 고되고, 오래 걸리며, 견디기 어려운 일이다. 여자 마법사는 트레보에게 도전장을 던진다. 카미유는 〈천일야화〉에서 이 장면의 아이디어를 얻었다.

카미유가 아이디어를 얻은 〈천일야화〉의 줄거리를 요약하면 이렇다. 세헤라자데의 남편인 술탄은 결혼한 다음 날 새벽이 되면 늘 새로 맞은 신부를 죽이는 사람이다. 술탄의 신부가 된 세헤라자데는 죽지 않으려고 놀라운 책략을 생각해 낸다. 남편인 술탄에게 흥미진진한 이야기를 들려준다. 그 이야기가 너무 긴장감이 넘쳐서 술탄은 세헤라자데를 죽일 수 없다. 뒷이야기가 어떻게 될지 궁금했기 때문이다. 세헤라자데는 이야기를 만들어 내는 타고난 재능으로 천일 동안 이야기를 계속 만들어 내서 마침내 목숨을 구할 수 있었다.

드래곤 클럽이 만드는 비디오 영상에서는 여자 마법사가 트레보에게 자신의 마법을 보면 깜짝 놀라게 될 것이라고 하면서 내기를 하자고 제안한다. 잘난 체하고 자신감 넘치는 트레보는 당장에 내기를 받아들인다. 그리고 마법이 재밌으면 하늘 궁전 밖으로 나가지 않고 계속 여기 있겠다고 맹세한다. 여자 마법사의 마법을 봐도 자신은 전혀 놀라지 않을 것이기 때문에 내기는 금세 끝나게 될 것이라고 확신한다. 트레보는 냉정한 표정으로 크게 웃는다.

그러나 여자 마법사는 마법에 특별한 재능이 있다. 트레보는 여자 마법사가 끝없이 펼쳐 내는 놀라운 마법에 한순간도 눈을 떼지 못하고 멍하니 보고 있다. 그 사이 궁전 바깥에서 앙궐라는 트레보의 방해를 받지 않고 물이 다시 우웬으로 돌아오게 해야 한다. 제롬은 이 장면에서 탬버린 위에서 쓸 듯이 붓질을 할 때 나는 소리를 넣자고 했다. 잘 들리지 않는 공기의 소리를 표현한 것이다.

• 시퀀스 7. 여자 마법사가 마법으로 트레보의 주의를 끌고 있는 사이, 앙궐라 여왕은 물에게 돌아오라고 간절히 기도한다. 구름을 향해 오래도록 말한다. 부디 비를 내려 달라고. 그 비가 물웅덩이가 되고, 강이 되고, 바다가 되고, 대양이 되게 해 달라고 말이다. 여왕은 다시 돌아온 물에게 방향을 바꾸라고 부탁한다. 마침내 물이 천천히 여왕의 주위로 상승한다. → 실제로는 카미유가 수영장 깊은 곳에서 물이 흐름에 몸을 맡기고 있다. 앞서 수영 장면에 넣었던 것과 똑같은 물소리가 난다.

• 시퀀스 8. 일련의 이미지를 모자이크 처리한 장면. 앞의 하늘 궁전 영상에서 이어짐. 여자 마법사의 마법에 정신을 빼앗긴 트레보는 궁전 바깥에서 일어나는 변화를 알아채지 못하고 있다. 트레보가 문득 시계를 들여다본다. 시간과 날짜를 확인하고는 그제야 몇 주가 흘렀다는 사실을 깨닫는다. 트레보는 우웬 은하의 상황을 확인하고 싶어 한다. 그렇지만 너무 늦었다.

화면에 에드윈의 세 번째 그림이 나타난다. 바다와 대

양이 땅 일부분을 차지하고 있다. 바다에 사는 포유동물이 간간이 눈에 띈다. 그리고 드래곤족이 있는 곳으로 불이 서서히 다가오고 있다. → 레나가 추는 불의 춤. 앙궐라는 물을 불러오는 데 자신의 에너지를 다 써 버려서 결국 죽는다. 레나의 의상에 달린 옷감으로 표현한 불꽃을 클로즈업하면서 영상이 끝난다.

"이게 끝이야?" 나시마가 물었다.

"네 말은, 결말이 아주 멋지다는 뜻인 거지?"

"결말만 좋은 게 아니야. 물론 결말도 좋지만, 무엇보다 슈퍼 히어로가 등장하잖아. 세상을 구하기 위해 죽을 각오가 된 대단한 여주인공이라고 해야 하나. 마블 영화 같지 않아?"

"글쎄, 《드래곤 왕국》에서는 8권까지는 죽음을 각오하고 싸우는 남자 영웅만 나왔잖아. 게다가 마블의 작가는 미국 사람이지만, 이 만화의 작가는 일본 사람이야."

"그래, 그래, 알았다."

온종일 시나리오를 고치고 나니 아이들 모두 머릿속이 멍했다. 게다가 과일 주스 4리터와 과자를 열 상자나 먹어 치운 뒤여서 속이 느글거렸다. 아이들은 서둘러 각자 집으로 돌아갔다.

다음날부터 아이들은 촬영할 만한 장소를 찾아다니기 시작했다. 마땅한 장소를 찾으면 거기서 촬영하는 것을 허락해 달라고 부탁하러 갔다.

- 공원 : 공원에 있는 커다란 플라타너스는 모든 식물이 죽고 없을 때 유일하게 살아남은 신령한 나무로 제격이었다. 은둔자 역할을 맡은 압둘라가 나무 위로 올라가야 한다. 하지만 공원 관리인은 사용 허가를 내 주지 않았다. 알리스가 공원 관리인을 찾아가 사정해 보았지만, 소용이 없었다. 나무가 너무 높고, 너무 위험하며, 부러진 가지도 많다는 것이다. 압둘라가 자칫 나무에서 떨어지면 목이 부러질 수도 있고, 그 아래에 있는 모래판에서 놀고 있는 아이를 덮칠 수도 있는데, 그렇게 되면 자신도 책임을 피할 수 없다는 것이 이유였다.

그는 그냥 공원 관리인이었다. 아이들이 영상을 찍고 싶어 하든 말든 그런 것에는 관심도 없었다. 그러니까 이

일은 조심스럽게 해야 한다. 즉 몰래 촬영해야 하는 상황이라는 뜻이다. 달리 방법이 없었다. 이 근처 몇 킬로미터 이내에 이렇게 멋진 나무는 없다.

- 수영장 : 수영장 촬영을 허락 받는 일은 훨씬 쉬웠다. 카미유는 수영장의 VIP였다. 카미유네 반이 수영 수업을 하는 금요일에 카미유는 체육협회의 회원으로 등록했고, 수영 코치는 카미유를 수영장의 마스코트로 생각했다.

계영을 하기 위해 출발하는 카미유를 보려면, 알리스가 지난 수업 시간에 그랬던 것처럼, 계단식 좌석에서 힐끗거리며 수영장을 넘겨다봐야 했다. 카미유는 출발할 때 다른 아이들처럼 구름판 위에 서 있지 않고, 물속에서 수영장 벽을 마주 보며 발을 타일에 붙이고 있기 때문이다. 카미유는 구름판에 있을 때 수영 코치가 건네 준 수건을 입에 물고 꼼짝하지 않은 채 집중하고 있었다. 마치 염소 안개 속에 있는 작은 요다 스승님 같았다.

계영이 시작되면 카미유는 입에 물고 있던 수건을 놓고 다리로 물을 힘차게 밀어냈다. 그리고 전기가오리처럼 튀어 나갔다. 카미유가 출발하는 모습은 마치 장애인 올림픽에서 금메달을 딴 중국의 수영 선수 젱 타오 같았다. 젱 타오는 팔이 없는 남자 수영 선수이다. 태어날 때부터 팔이 없었던 카미유와 달리, 그는 팔을 잘라 낸 경우였다. 젱 타오도 곰치처럼 아름다웠다. 카미유는 자기만의 특별한 수영법으로 시간을 단축해서 사람들을 놀라게 했다.

아무튼 수영장에 온 뱀장어 카미유의 부탁을 거절할 사람은 아무도 없었다. 수영 코치는 수영장에서 촬영하는 것을 허락했다. 아이들은 수영장이 문을 닫은 뒤에 몸에 꼭 맞는 의상을 갖춰 입은 앙귈라 여왕이 수영하는 장면을 찍기로 했다.

- 압달라 가구점 : 트레보와 여자 마법사가 마주 서 있는 하늘 궁전의 구석진 장소로는 압달라 가구점을 생각해 두었다. 매일 아침 학교에 갈 때 알리스는 가구점 앞을 지나가는데, 진열창에 푸른색 천이 천장에서 바닥까지 늘어뜨려져 있었다. 게다가 푸른색 천과 아주 잘 어울리는 소파와 카펫이 그 앞에 놓여 있고, 금색 전등도 있었다.

아이들이 찾아갔을 때 가구점 주인아저씨는 처음부터 아이들의 부탁을 들어주겠다고 흔쾌히 승낙해 주었다. 주인아저씨는 알리스네와 잘 아는 사이였다. 하지만 얼마 지나지 않아 잔소리를 늘어놓기 시작했다. 선풍기 조심해라, 내 커튼이 흐트러진다, 거기 올라갈 땐 신발을 벗지 그러느냐, 내 카펫은 아주 깨끗하다며 사사건건 참견을 하더니, 나중에는 등이 아파서 그러니 종이 상자를 모두 바깥으로 옮겨 달라고 심부름을 시켰다.

- 드라고니아의 동굴 : 드라고니아 여왕이 앙귈라에게 탄원하는 긴 시를 읊게 될 동굴 장면을 찍어야 했다. 동굴은… 대도시인 이곳 파리에는 없었다. 공원에 있는 가짜 동굴은 너무 작았다. 파르제볼에는 동굴이 아주 많다고 카미유가 말했다. 문제는 아이들이 있는 곳이 파르제볼이 아니라는 것이었다. 제롬이 동굴의 가장 큰 특징이 뭐냐고 묻자, 나시마가 말소리가 울린다는 것이 특징이라고 대답했다. 니나는 동굴이 깜깜하다고 했다. 아이들은 아르튀르의 방을 깜깜하게 만들기로 의견을 모았다. 횃불 모양 전등으로 아르튀르를 비추고, 아르튀르의 턱 아래쪽에도 전구를 따로 비출 생각이었다. 말소리가 울리는 효과는 아쉽지만 포기하기로 했다. 천으로 만든 불꽃을 두르고 춤을 추는 레

나를 촬영할 때도 같은 조명을 사용하기로 했다. 그렇게 동굴 장면 촬영 장소를 해결했다.

이제 남은 건 대사를 외우는 일이었다. 아르튀르가 능숙하게 드래곤족의 언어를 말할 수 있도록 니나가 연습을 시켰다. 독자 여러분도 시험 삼아 따라 해 보면 어떨까? 다음의 대사를 틀리지 않고 따라 하면 된다. "므라뚜샤피구, 프록사 쉬트룸키피셰 우웬, 케 베페베길코크르!" 이 말은 다음과 같은 뜻이다. '우웬 은하가 죽어가고 있어, 우웬 은하를 파괴한 자에게 저주가 내리기를….'

엑스트라를 해 줄 사람도 모았다. 남동생과 여동생 열두 명, 사촌 동생, 이웃 친구들을 막대 사탕을 주겠다고 해서 데리고 왔다. 고생스러울 텐데 고맙게도 다들 도와주었다. 이렇게 해서 촬영할 준비를 모두 마쳤다.

그런데 어쩐 일인지 장마철도 아닌 5월 중순에 일주일 내내 비가 내렸다. 아이들은 비가 오는데도 공원으로 갔다. 공원 모래판 위에는 고양이 한 마리 없었다. 공원 관리인은 관리실 안에서 신문을 읽고 있어서 아이들을 제지하는 사람은 아무도 없었다. 하지만 나무 표면이 너무 미끄러워서 촬영을 미루기로 했다.

다음으로 수영장에 갔다. 하지만 이 촬영도 미루어야 했다. 카미유의 수영 코치가 수두에 걸려서 며칠 동안 휴가를 내고 나오지 않는다는 것이다. 동료 코치는 수영장 문을 닫고 촬영한다는 얘기는 전혀 듣지 못했다고 했다. 아이들은 카미유의 수영 코치가 얼른 병이 나아서 돌아오기를 기다리기로 했다.

그 사이 압달라 아저씨는 가게 진열창의 인테리어를 바꿔 버렸다. 커튼이 노란색으로 바뀌었다. 노란색 커튼은 하늘 궁전의 이미지와는 전혀 어울리지 않았다. 주인아저씨는 할 수 없이 아이들이 원하는 대로 해 주었다. 알리스에게 사다리를 가져오라고 하더니, 푸른색 커튼으로 다시 바꿔 달았다. 하지만 촬영이 끝나면 노란색 커튼으로 돌려 놓으라고 했다. 알리스는 꼭 그렇게 하겠다고 약속했다.

하지만 촬영이 시작되고 나시마가 능숙한 손놀림으로 마술을 하자, 주인아저씨는 재미있어 하며 마술 구경에 빠져들었다. 나시마는 카드와 여러 색깔의 스카프와 고무공을 나타나게 했다가 사라지게 했다. 트레보가 시간을 잊은 것처럼, 주인아저씨도 시간을 잊었다. 알리스가 "컷!" 하고 외쳤을 때 주인아저씨는 수염을 만지작거리면서 아쉬워했다. "얘들아, 또 올 거지?"

비가 내리고, 수영 코치가 아파서 못 나오고, 인테리어가 바뀌는 우여곡절을 겪으며 촬영은 뒤죽박죽이 되었다. 공원 장면과 수영장 장면보다 먼저 동굴 장면을 찍었고, 동굴 장면보다 먼저 하늘 궁전 장면을 찍었다. 나중에 시간 순서대로 편집할 생각이었다.

어서 날이 개어 공원 장면을 촬영하러 갈 수 있기를 바랐지만, 여전히 비가 내리고 있었다. 유리창 앞에서 내리는 비를 바라보며 불만에 가득 찬 얼굴을 하고 있는 아이들을 보고 카미유 엄마가 큰 소리로 외쳤다.

"그러고 있으니까 너희들 진짜 영화 촬영 팀 같아. 하다 보면 마지막 부분을 먼저 촬영하고, 시작 부분을 나중에 촬영하는 일도 생기는 거야. 상황에 맞춰서 하면 되지."

그랬다. 아이들은 적응해 나갔다. 마침내 제롬 엄마의 도움을 받아 따로 촬영한 장면을 모두의 마음에 들게 편집하는 날이 왔다. 거기에 소리까지 덧입혔다. 영상이 완성된 것이다. 아이들에게는 이 순간이 기적처럼 느껴졌다.

“야, 성공했어!” 압둘라가 기뻐서 소리를 질렀다.

“그래, 하지만 뭐가 성공이라는 거야?” 니나가 물었다.

아이들은 제롬의 컴퓨터로 완성된 영화를 보았다. 당연히 아이들 눈에도 부족한 부분이 다 보였다. 은둔자가 나오는 장면에서는 영상 아래쪽이 흐릿해 보였다. 여자 마법사 장면에서는 비록 작은 소리이긴 하지만 압달라 아저씨의 기침 소리가 또렷하게 들렸다. 드라고니아 여왕이 입은 의상이 보이는 장면에서는 금색 실이 반사되어서 화면에 이상한 빛 번짐이 나타났다. 영상의 중반까지 타악기의 소리가 좀 낮았다. 장면과 장면이 자연스럽게 연결되지 않고 끊어지는 것도 눈에 보였다. 파르제볼에서 카미유가 찍어온 수족관 영상은 너무 어두웠다.

연기도 아쉬웠다. 압둘라는 연기하는 동안 꽃가루 알레르기 때문에 재채기가 나오려는 것을 참느라 얼굴을 찌푸리고 있었다. 찌푸린 얼굴이 심하다 싶을 만큼 어색했다. 아르튀르는 드래곤족의 언어를 말할 때 더듬거리는 것이 확실하게 카메라에 잡혔다. 커다란 종이에 대사를 써서 바로 앞에서 보여주었는데도 그랬다.

영상을 보는 동안 알리스는 손톱을 물어뜯었고, 압둘라는 소파에 몸을 푹 파묻었으며, 니나는 자기 입술을 깨물었다. 카미유는 활처럼 팽팽하게 긴장해 있었고, 나시마는 손가락이 하얘지도록 의자 가장자리를 꼭 붙잡고 있었다.

“어때, 우리가 영화를 잘 만든 것 같아?” 영화가 끝나고 만든 사람의 이름이 자막으로 나온 다음, 꺼진 화면을 보며 나시마가 물었다.

아무도 대답하지 않았다.

“어때?”

“이 정도면 괜찮지….” 레나가 분명한 어조로 말했다.

제롬 엄마가 비디오 파일에 ‘〈앙귈라의 힘〉, 드래곤 클럽, 알리스 일디즈, 카미유 베르티에’라고 파일명을 붙였다. 아이들은 모두 숨을 죽이고 바라보고 있었다. 제롬 엄마가 이메일의 ‘보내기’ 버튼을 눌렀다. ‘전송 중’이라는 메시지가 뜨면서 한참을 멈춰 있다가 뱅글뱅글 도는 작은 동그라미가 나타났다. 메일이 공중에 멈춰서 빙글빙글 오래도록 돌다가 영원히 목적지에 도착하지 못하는 건 아닐까

하는 터무니없는 상상을 하며 모두가 모니터 화면을 뚫어지게 쳐다보고 있었다.

'메시지가 전송되었습니다.'

휴우!

"우리가 해냈어!" 카미유가 소리를 질렀다.

"우리가 해냈어!" 알리스가 말했다.

영화를 함께 만든 아이들 모두 환하게 미소를 지었다. 그리고 모두 동시에 하품을 했다. 아이들은 각자 자기 가방을 챙겨서 집으로 돌아갔다.

알리스는 카미유와 함께 쥐이에 14번지 쪽으로 걸었다. 둘 다 노곤한 몸으로 터덜터덜 걸었다. 서로 아무 말도 하지 않았다.

"우리가 해냈어…."

"그래, 해냈어."

인제 다 끝났다. 기분이 이상했다. 이제 결과를 기다리는 일만 남았다. 다 끝났다고 생각하니 공허한 느낌이 들었다. 머리도 텅 비고, 몸도 텅 비어 버린 것 같았다.

"난 기다리는 게 싫어." 알리스가 말했다.

“나도 그래.” 카미유가 한숨을 쉬었다.

봄이 한창이어서 해가 늦게까지 머물러 있었다. 아이들이 거리를 뛰어다니고 있었다. 카미유와 알리스는 다리를 질질 끌며 간신히 걷고 있었다. 오후 내내 제롬 엄마와 함께 영상과 음향을 편집하느라 모니터를 들여다보고 있었더니 눈이 아팠다.

둘은 슈퍼마켓 앞을 지나다가 진열창에 비친 자신들의 모습을 보았다. 진열창에 가까워질수록 둘의 모습이 점점 더 크게 보였다. 뚱뚱한 남자아이와 청바지에 티셔츠를 입은 팔이 없는 여자아이. 알리스는 한동안 ‘내가 뚱뚱하다는 사실을 의식하지 않고 살았구나.’ 하고 생각했다. 카미유는 ‘한동안 내가 팔이 없는 여자아이라는 것을 잊고 있었구나.’ 하고 생각했다.

“내일 보자!” 진열창에 비친 자기 모습과 헤어지면서 알리스가 말했다.

“내일 봐!” 진열창 앞에 자기 모습을 남겨 두고 떠나며 카미유가 말했다.

쥐이에 14번지의 집으로 돌아온 카미유는 소파에 몸을

파묻었다. 눈을 크게 뜨고 천장을 쳐다보며 이제는 역할이 끝나 버린 여왕을 떠올렸다. 그러는 동안 야옹이는 카미유의 배 위에서 몸을 둥글게 말고 앉아 가르릉 소리를 냈다. 카미유는 영화를 끝내고 난 뒤의 흥분과 설레는 기분이 오래가면 좋겠다고 생각했다.

아멜로 거리에 사는 알리스는 어쩐지 마음이 쓸쓸했다. 파티가 끝나고 나서 가구를 정리하고, 꺼내 놓은 물건을 치우고, 바닥을 쓸고, 집 안을 파티 이전의 상태로 돌려놓을 때와 비슷한 기분이 들었다. 저녁 식사 때까지 알리스는 다이어리에 용을 그리면서 시간을 보냈다.

아멜로 거리에서 100미터 떨어진 곳에 사는 압둘라는 양탄자 위에서 책상다리를 하고 앉아 동생과 나란히 만화영화를 보고 있었다. 드래곤 클럽이 만든 영화와 어딘지 비슷한 데가 많은 허무맹랑한 만화영화였다.

같은 건물 몇 층 위에 사는 아르튀르는 피자 조각 위에 햄을 올려서 말없이 깨작거리며 먹고 있었다. 부모님이 하는 이야기도 귀에 들어오지 않았다. "밥 먹으면서 꿈을 꾸고 있구나." 엄마가 한마디 했다. 그럴 만도 했다. 아르튀르는 여왕이었으니까. 아르튀르의 인생에서 처음으로, 그리고 분명 딱 한 번뿐일 여왕이 되어 봤으니까.

니나는 나시마에게 빅토르 위고의 시를 읽어 주고 있었다. "내일, 새벽에, 들판이 하얗게 변하는 때에…." 하지만 읽는 내내 다른 시가 떠올랐다. 드라고니아 여왕의 시가 끝없이 머릿속을 맴돌고 있었다.

댄스 수업을 받기 위해 거울 앞에 서 있는 레나는 새로운 힙합 안무를 짜고 있었다. 하지만 레나는 또다시 불이 되고 싶었다. 보이지는 않지만 노랗고 붉은 드래곤족의 불꽃이 레나의 주변에서 들썩이고 있었다.

제롬은 침대에 앉아 둔둔을 부드럽게 두드렸다. 에드윈은 꿈에 굴뚝 청소부가 분필로 그린 그림 같은 도화지 위의 거리를 돌아다녔다. 도화지 위의 모든 것을 진짜라고 생각하면서 아침까지 여기저기 기웃거렸다.

햇빛 가득한 해변

TGV 열차가 시속 320킬로미터의 속도로 풍경을 가르며 달리고 있었다. 열차는 배고픈 거인이 되어 강과 나무, 숲과 마을, 암소와 양 떼를 삼켜 버렸다. 알리스는 멀리서 들판과 들판이 꿰매어지는 것을 바라보고 있었다. 기차 속도가 너무 빨라서 유리창 너머를 보면 레일 가장자리에 있는 나무와 전신주가 고무줄처럼 길게 늘어져 보였다. 마치 녹아 버린 마시멜로 같았다. 세 시간 뒤에는 5월의 햇살이 내리쬐는 마르세유에 도착할 예정이었다.

알리스는 한 번도 이렇게 멀리까지 가는 진짜 열차를 타 본 적이 없다. 지하철이나 트램은 타 봤지만, 그걸 타고

일 드 프랑스 근처를 벗어난 적이 없었다. 알리스 주변에 앉은 아이들은 카드놀이를 하면서 웃고 떠들었다. 놀이를 하면서 감자 칩을 먹는 아이들도 있었다. 비뇽 선생님은 귀에 이어폰을 꽂고 입을 벌린 채 잠이 들었다. 학교생활 담당 선생님은 잡지를 뒤적이고 있었고, 그러다 30초에 한 번씩 "쉿! 조용히!"를 외쳤다.

알리스는 바깥 풍경에 넋이 빠졌다. 아이들 중 유일하게 두 자리를 차지하고 편안한 자세로 앉은 알리스는 리옹역에서부터 눈앞에 펼쳐지는 풍경을 단 한 순간도 놓치지 않겠다는 듯 집중해서 보고 있었다. 호수와 농가, 언덕이 지나갔다. 드넓은 벌판과 숲이 우거져 온통 초록색인 시골 마을을 지나 남쪽으로 내려오자, 더 건조하고 생기 없는 시골 풍경이 나타났다. 그 풍경이 1,000킬로미터가량 연달아 펼쳐졌다. 남쪽 지방의 시골은 하얀 돌이 많고, 식물은 많지 않았다. 이미 여름이 성큼 다가온 듯했다. 하늘은 온통 파랬다. 저 멀리서 물이 반짝이는게 보였다.

열차가 그곳을 통과하자 그늘의 방향이 바뀌었다. 햇빛이 알리스의 얼굴을 뜨겁게 달구었다. 그러다 잠시 유리창에 비친 자크와 알리스의 눈이 마주쳤다. 자크는 무심하게 알리스를 힐끗 쳐다보고는 고개를 돌려 하던 게임을 계속 했다. 짓궂은 말도 하지 않았고, 빈정거리지도 않았다. 싫은 표정을 짓지도 않았다. 알리스는 자크의 태도 변화에 적응이 되지 않았다. 학교에서 〈앙귈라의 힘〉을 상영한 이후로 알리스를 대하는 친구들의 태도가 완전히 바뀌었다.

지난주에 학교에서 예술제가 열렸다. 음악 선생님은 구내식당에서 콘서트를 하자고 했고, 프랑스어 선생님은 지붕 덮인 운동장에서 연극 공연을 하자고 했다. 미술 선생님은 교실을 전시회장으로 만들 작정이었다.

오며 가며 아이들이 하는 말을 주워듣는 데 뛰어난 재능이 있는 미술 선생님은 자크와 카미유가 영화를 만들었다는 이야기를 우연히 듣고 둘에게 수업이 끝나고 남아 있으라고 말했다. 그리고 점심시간에 자기가 만든 교실 전시회장에서 대형 스크린으로 두 편의 영화를 같은 날 동시 상영하고 싶다고 했다.

"좋아요." 자크가 얼른 대답했다.

"우리 영화도 당연히 상영할 수 있어요." 카미유도 짐짓 자신 있는 척 대답했지만, 사실은 그렇지 않았다. 다른 아이들이야 뭐라고 하든 말든 괜찮았지만, 자크와 그 일당이 어떤 반응을 보일지 두려웠다. 어쨌든 카미유는 신중하게 덧붙였다.

"그런데 먼저 다른 아이들의 의견을 들어 봐야 해요."

카미유는 영화를 함께 만든 배우와 음악 담당, 의상 담당, 무대 담당을 만나러 갔다. 아이들도 영화 상영하는 것을 걱정스러워했다. 모두가 신나고 즐겁게 영화를 만들었지만, 자신들이 만든 영화가 정말 좋은 작품인지 아닌지 확신이 서지 않았다.

"그렇다고 영화 상영을 안 하겠다고 말할 순 없어." 레나가 말했다.

"왜?"

"그럼 우리를 겁쟁이라고 놀릴 거야."

"그건 그래."

"놀림당하는 건 최악이지. 영화가 형편없다는 소리를 듣는 것보다 훨씬 더 나빠."

"우리가 상영하지 않으면 자크는 그걸 최대한 이용할걸. 분명히 그럴 거야."

"싸우지도 않고 승리자가 되는 거지."

"그건 절대로 안 되지."

"하지만 이건 순위를 매기는 경쟁이 아니잖아."

"자크는 그렇게 생각 안 할걸. 자크한테는 모든 것이 다 경쟁이야. 너를 완전히 때려눕힐 방법이 없을까, 하고 항상 기회를 노리고 있다고."

"맞아. 자크는 틀림없이 우리 영화를 헐뜯을 거야. 누구나 다 아는 사실이지."

"결국 상영을…."

"우리 영화가 완벽한 건 아니지만, 그런대로 괜찮은 작품이라고 생각해."

"그럼 어떻게 할까?"

"해 보자."

"다른 방법이 없잖아."

"나는 찬성이야."

"영화 상영에 반대하는 사람 있어?"

아무도 없었다.

이렇게 해서 두 작품을 모두 상영하는 것으로 결정됐다.

그날 자크와 그 클럽은 스크린의 오른쪽에 앉고, 카미유와 드래곤 클럽 아이들은 왼쪽에 자리를 잡았다. 영화를 보러 온 다른 아이들은 중앙에 앉았다. 마치 공중그네 타는 사람이 그물도 설치하지 않고 줄 위에 서서 높이 뛰어오르려고 하기 직전처럼 교실이 쥐 죽은 듯 조용했다.

알리스와 카미유, 그리고 드래곤 클럽 아이들은 모두 높이 뛰어오르기 직전의 공중그네 곡예사가 된 것 같은 심정이었다. 갈비뼈 아래서 심장 뛰는 소리가 북소리처럼 둥둥 울렸다. 아이들은 서로 어깨가 닿도록 바짝 붙어 앉아 숨죽이고 있었다.

먼저 자크의 영화가 시작되었다. 화면을 뚫고 나올 것 같은 괴물이 애니메이션 영상으로 나오고, 뒤이어 폭탄이 터졌다. 비디오 영상과 그림이 섞여 있는 영화였다. 볼륨을 최대로 높인 음향으로 가득 찬 영화는 스타워즈식 레이저 전투에, 돌발 사건이 연속적으로 일어나면서 긴장감을 자아냈다. 붉은 용의 아들은 땅의 중심에서 불을 되찾아 왔다. 그리고 시간의 흐름을 거슬러 《드래곤 왕국》 8권의 결말 장면인, 트레보가 자기 아버지를 죽이는 과거로 돌아갔다. 거기서 화염방사기로 트레보를 숯덩이로 만들어 버리는 것으로 이야기가 마무리되었다.

영화가 끝나자 아이들이 함성을 지르며 박수를 쳤다. 말할 것도 없이 잘 만든 영화였다.

"우와, 잘 만들었네. 특수 효과 봤어?" 카미유가 알리스에게 소근거렸다.

"자크한테는 좋은 카메라가 있잖아."

"그것 빼곤 아무것도 없네. 예술적인 상상력이 전혀 없잖아. 소리, 불, 죽음, 그게 다야. 새로운 게 없어. 요란하게 보여 주기만 하고 끝이야." 레나가 불만스럽게 말했다.

"너무 심하게 얘기하는 거 같은데…." 카미유가 말했다.

이어서 〈앙귈라의 힘〉 상영이 시작되었다. 은둔자 로마노프 역을 맡은 압둘라가 나무를 기어 올라가는 장면이 나오자, 교실 여기저기에서 웃음이 터져 나왔다. 자크가 있는 쪽에선 웃음소리가 들리지 않았다.

"그런데…, 저거 공원에 있는 나무 아냐?"

"아, 그래! 맞다! 나무 아래에 모래판이 있네. 너희들 영화 찍다가 양동이를 들고 모래 놀이 하러 온 동생은 안 만났냐? 하하!"

"믿을 수가 없어. 걔 아르튀르야. 여왕 말이야…. 진짜야, 아르튀르 맞다니까. 아르튀르가 가발을 썼어."

웅성거리는 소리 때문에 드라고니아 여왕이 읊는 시는 제대로 들리지 않았다.

"조용, 조용!" 선생님이 잠깐 영화를 정지시켰다.

"이제 조용히 할 거지? 다시 영화를 볼까?"

영화가 다시 시작되자마자 교실 구석에서 누군가 날카로운 목소리로 떠들었다.

"저건 압달라 아저씨네 가게야. 나, 저 의자 봤어. 저 화려한 커튼이랑 다 봤어."

알리스는 부끄러움이 밀려와 어찌할 바를 몰랐다. 나시마의 마법을 구경하느라 아이들이 조용해진 것도 잠시였다.

"저 장면은 수영장에서 촬영을 했네! 저기 봐, 수영장 바닥이야. 수영 코치가 장피에르 선생님 아니야?"

레나는 민망해서 어서 영화가 끝나기를 마음속으로 간절히 바랐다. 그때 갑자기 앙귈라 여왕이 나타나자 모두가 깜짝 놀라 갑자기 입을 다물었다. 아이들은 금속 조각으로 만든 비늘이 달려 있고 몸에 꼭 맞는 멋진 의상을 입은 카미유가 물속에서 천천히 구불거리며 헤엄치는 모습을 바라보았다. 카미유는 뱀장어처럼 우아했다. 뿜어 내는 공기 방울마저 멋진 장식이었다.

마지막으로 레나가 타악기 소리에 맞춰 춤을 추자, 아이들은 이러쿵저러쿵하며 다시 떠들어 대기 시작했다.

“미안하다, 얘들아. 우리 영화를 상영하지 않겠다고 말했어야 했어.” 카미유가 작게 말했다.

삐거덕거리며 의자 끄는 소리, 아이들이 가방을 챙기는 소리가 났다. 스텝과 출연 배우의 이름이 자막으로 올라왔다. 놀랍게도 아이들은 이름이 하나씩 올라올 때마다 오래도록 박수를 쳤다. 휘파람을 불기도 하고, 웃으며 발을 구르기도 했다.

압둘라 응디아예 - 은둔자 로마노프

아르튀르 지로 - 드라고니아 여왕

카미유 베르티에 - 앙굴라 여왕

요란한 박수가 터져 나왔다. 영화가 좀 맘에 들었나?

나시마 위그 - 여자 마법사

아니면… 예의상 박수를 쳐 주는 건가?

니나 방딕 - 어둠의 왕자 트레보

아니면 우릴 놀리는 건가?

레나 샤텔 - 불

엑스트라 : 팀, 엘로이즈, 파투, 장-밥티스트, 레오, 마리아마,

호르헤, 리즈벳, 나우르, 쥘르, 파브리스, 마엘레

무대장치 - 에드윈 마토

음악, 음향 - 제롬 들레

편집 도우미 - 들레 부인

간식 - 베르티에 부인

의상 - 알리스 일디즈

"오! 의상 담당이 알리스야?"

조르단느의 목소리가 또렷하게 들렸다.

"대단하다. 네가 직접 옷을 만들었어?" 어둠 속에서 또 다른 목소리가 물었다.

"어, 그래…." 알리스가 우물우물 대답했다.

"누구랑 같이 만들었어?"

"나 혼자 만들었어."

"네가 다 바느질을 했다고? 그러니까 재봉사야?"

누군가 웃으며 물었다. 불이 켜졌다.

"영화를 찍은 친구들에게 궁금한 게 있으면 물어보렴. 5분 줄게." 선생님이 제안했다.

"자크, 폭발하는 장면은 어떻게 연출한 거야?"

"괴물은 누가 그렸어?"

"얘들아, 방해해서 미안한데, 내가 먼저 알리스에게 질문했는데 아직 대답을 듣지 못했거든." 질문하는 도중에 조르단느가 급하게 끼어들었다.

알리스는 천천히 뒤돌아섰다. 그리고 들릴락 말락 작은 목소리로 말했다.

"그래, 내가 바느질을 한 거야."

"고 조그만 손으로 어떻게 바느질을 한단 말이야?" 조르단느가 옷감에 바늘 꽂는 흉내를 내면서 다시 물었다.

웃음을 터뜨린 사람은 자크뿐이었다.

"기계로 해. 원래 재봉틀로 하는 거야."

조르단느가 천천히 고개를 끄덕였다.

"재봉틀이 있구나. 그거… 아주 잘됐네." 조르단느가 조롱하듯 모자를 들어 올리며 말했다.

"교실에서는 모자를 쓰면 안 된다, 조르단느." 선생님이 말했다.

"이게 다 알리스 때문이에요. 알리스한테 아주 잘했다고 말하려고 모자를 들어 보인 것뿐이라고요."

때마침 종이 울려서 알리스는 곤란한 상황에서 벗어날 수 있었다. 드래곤 클럽 아이들 아홉 명이 다 함께 어깨에 가방을 메고 교실 문을 나서려던 참에 미술 선생님이 아이들이 모여 있는 곳으로 다가왔다.

"아이들이 너희 영화를 보면서 떠들어서 실망했구나."

"애들은 우리 영화를 그렇게 좋아하지 않았어요." 니나가 말했다.

"카미유가 수영하는 장면을 빼고는요." 알리스가 덧붙였다.

"알리스가 만든 의상도 빼고는요." 나시마가 말했다.

"네가 마법을 부리는 장면도 빼야지." 압둘라가 한마디 보탰다.

선생님이 웃으면서 말했다. "아이들은 아연실색했던 거야. 너희는 우리 모두를 아연실색하게 했어."

아르튀르가 얼굴을 찌푸렸다.

"그게 무슨 뜻이에요. 아여…, 뭐라고요?"

"너희가 아이들을 깜짝 놀라게 했다는 말이야. 자크가 만든 영화는 아이들이 예상한 그대로였어. 그런데 너희 영화는 예상을 벗어났지. 특별하게 구성한 음향, 무대배경, 마술, 전문가의 솜씨라고 해도 될 정도로 훌륭한 의상, 카메라 앞에서 두려움 없이 헤엄치는 카미유, 불을 연기하는 레나, 여왕 역할을 한 아르튀르까지. 너희는 위험을 마다하지 않았어. 물론 영화에 부족한 점이 많지. 하지만 기발함이 넘치는 영화야. 기발한 영화를 만드는 게 예술가지."

선생님이 확실히 우리더러 '예술가'라고 한 거야? 드래곤 클럽 아이들 아홉 명은 문 앞에서 신나게 몸을 흔들어 댔다. 선생님이 한 말을 믿고 싶었다.

"게다가 우리는 손발이 척척 맞는 한 팀이지!"

그 뒤로 알리스는 교실이 있는 5층까지 올라가는 게 훨씬 수월해졌다. 구내식당에서도 의자 사이를 요리조리 잘 피해 다니게 되었다. 운동장을 걸어 다닐 때는 신발 바닥의 에어쿠션이 느껴졌다. 게다가 '요정 손가락', '금 손', '바늘의 왕' 같은 다소 웃긴 새 별명을 얻게 되었다. 그냥 알리스라고 불러 주는 편이 더 좋지만, 돼지 기름이니 코끼리 가죽이니 하는 별명보다는 훨씬 나았다.

알리스는 이게 다 카미유 덕분이라고 생각했다. 물론 바느질을 하고 옷을 만든 것은 자기 혼자 한 일이다. 하지만 카미유는 알리스의 뚱뚱한 겉모습 안에 감춰져 있던 중요한 무엇인가를 알아봐 주었다. 이제 다른 사람들도 알리스가 내면에 중요한 뭔가를 가지고 있다는 것을 알게 되었다. 그래서 마르세유로 가는 TGV 열차에 앉아 있는 알리스는 더는 사람들의 시선이 두렵지 않았다.

아이들은 그날 밤 항구 근처에 있는 숙소에서 하룻밤을 잤다. 그리고 다음날 소금 내음을 맡으며, 바람에 돛대가 흔들리는 소리를 들으며, 따가운 햇볕에 눈을 찡그리며 둑을 따라 길을 걸었다. 그런 다음 마르세유 학생들을 만나 유럽지중해문명 박물관으로 견학을 갔다.

아이들은 박물관의 전시물보다는 허공에 뜬 육교에서 바라보는 환상적인 전망을 훨씬 더 좋아했다. 육교는 검은색 콘크리트를 그물처럼 만들어 전체를 덮어씌운 건물과 또 다른 건물을 연결하고 있었다. 박물관 건물은 바다 위에 떠 있는 비밀스러운 배 같았다. 알리스는 박물관 건물이 밧줄을 던지려고 하는 해적선 같다고 생각했다.

오후에는 카탈랑 해변에 갔다. 카탈랑 해변은 도심의 빌딩 사이에 있는 작은 해변이었다. 아이들은 물결도 없고, 바람 한 점 없이 푸르스름한 거울처럼 넓게 펼쳐진 물을 향해 달려갔다.

"물속이 환히 들여다보여." 레나가 소리쳤다.

"우와, 최고다." 압둘라가 맞장구를 쳤다.

마르세유 아이들이 공을 가지고 왔다. 아이들은 서로 물을 튀기고 친구의 머리를 물속으로 집어넣으며 장난을 쳤다. 비농 선생님마저 마르세유 학교의 선생님이 어서 오라고 신호를 보내자 아이들의 응원을 받으며 성큼성큼 물속으로 들어갔다.

"비뇽 선생니임! 비뇽 선생니임!"

학교생활 담당 선생님만 더워 죽을 지경이면서도 옷을 다 갖춰 입은 채 모래사장 위에 앉아 있었다. 선생님은 광고 전단을 아코디언 모양으로 접어 연신 부채질을 하고 있었다. 그리고 "난 바닷물에 알레르기가 있어서."라고 변명하듯 말했다. 알리스는 굵은 땀방울을 뚝뚝 떨어뜨렸고, 카미유는 수건을 깔고 길게 누워 있었다.

"그런데 너희는 왜 바닷물에 뛰어 들어가지 않냐?"

무슨 그런 바보 같은 질문을 할까, 하고 알리스가 속으로 생각했다. 알리스는 고래 같은 자신의 몸을 절대로 드러내 보이고 싶지 않았다. 아무리 '요정 손가락', '금 손'을 가졌다고 해도 알리스는 여전히 평균 체중보다 20킬로그램이나 더 나갔다.

선생님의 질문이 바보 같다고 생각하는 건 카미유도 마찬가지였다. 마르세유 아이들 앞에서 못생긴 밀로의 비너스 같은 자기 몸을 드러낼 생각이 손톱만큼도 없었다. 해변에 누워 음악을 크게 틀어 놓고 들으면서 몸을 태워 피부가 구릿빛이 된 수많은 사람 앞에서, 게다가 자신을 전혀 모르는 사람들 앞에서는 더더욱 그러고 싶지 않았다. 마르세유에도 자신을 따라다니는 눈이 있다는 것을 카미유는 아주 잘 알고 있었다.

카미유의 이마에서 땀방울이 또르르 흘러내렸다. 에라, 모르겠다. 자신이나 알리스가 옷 속에 꼭꼭 숨겨 놓았던 몸을 뚫어지게 쳐다볼 권리가 저 사람들에게는 없다고 카미유는 생각했다. 너무 뚱뚱하다거나 팔이 없는 게 그렇게 무서우면, 너무 놀란 나머지 숨이 콱 막혀 버리라고 하지, 뭐!

"너 물이 간절하지 않아?" 이마에 흐르는 땀을 닦고 있는 알리스에게 카미유가 물었다.

"여기, 나한테 물병 있어. 자, 받아."

"아니, 생수 말고…. 바닷물! 시원한 물 말이야."

"그래?"

"그래, 가자."

"무슨 말이야?"

"얼른 가자고."

"너 정신이 어떻게 된 거 아니야?"

"저 사람들은 자기들끼리 놀고 물에 뛰어들고 하느라 다들 바빠. 우리는 안 본다고. 이리 와 봐. 아무도 안 보지?"

"해변에 있는 사람들은? 저 사람들은 눈 감고 있냐?"

"보든 말든 무슨 상관이야."

"안 돼."

"아니, 돼!"

"나는 안 한다고 했다."

"우리가 마음만 먹으면 되는 거야. 그러면 아무 상관 없어."

카미유 앞에서는 마음이 약해지지만 그래도 소용없었다. 카미유가 요구하는 것은 너무 어려운 일이었다.

"너 옷 안에 수영복 입고 있지?" 카미유가 물었다.

"응."

"그것 봐, 알리스. 너는 이미 수영을 하겠다는 생각을 하고 있었던 거야."

"아니야. 땀이 좀 덜 나지 않을까 해서 티셔츠에 수영 팬티를 입을 생각을 한 것뿐이야."

"우리가 뚱뚱한 고래나 뱀장어가 아니기에 망정이지,

지금쯤이면 이미 몸 표면이 햇볕에 바짝 말라 버렸을 거야. 나도 안에다 수영복 입고 있어. 자, 내가 셋을 세면 우리 동시에 옷을 벗는 거다.”

알리스는 계속 이마의 땀을 닦았다.

“난 못해.”

“아니. 넌 할 수 있어. 나도 할 수 있어. 이건 우리가 할 수 있고 저건 우리가 할 수 없다고 미리 정해져 있는 건 아니잖아, 그렇지? 같이 해 보자. 탁구를 했을 때처럼. 그리고 드래곤 클럽을 만들어서 영화 찍었을 때처럼 말이야. 우리가 한 팀이 되는 거야.

저기 봐. 압둘라는 몸이 비쩍 말랐어. 지방이 아주 많이 부족하다고. 릴리앙을 좀 봐. 걔는 다리가 너무 길어. 엘리아스는 키가 너무 작아. 오렐리앙은 귀가 아주 크고, 사샤는 목이 안 보일 정도로 짧아. 나시마는 엉덩이가 너무 크고, 비뇽 선생님은 머리칼이 없어. 유심히 보면 누구에게나 너무 많거나 부족한 뭔가가 있어. 심지어 겉모습이 아니더라도 자기 내면에 부족한 뭔가가 있을걸. 예를 들어 자크는 다른 사람을 배려하는 마음이 아주 많이 부족하지.”

카미유의 말이 다 옳았다. 학교생활 담당 선생님은 두 아이 뒤에 앉아서 연신 부채질을 하고 있었다. 선생님은 카미유와 알리스의 대화에는 전혀 관심이 없었다. 선생님은 치아가 너무 많다고 알리스는 생각했다. 뭐 어떻든 상관없는 일이지만.

“좋아. 가자.”

알리스가 마음을 굳혔다. 자기가 오래 생각해 보지도 않고 대답했다는 사실에 알리스 스스로도 깜짝 놀랐다. 카미유의 얼굴이 환하게 빛났다.

카미유가 발가락으로 바짓단을 꼭 잡고 몸을 흔들어서 바지를 벗었다. 그리고 셔츠를 이로 물고 목을 이리저리 돌려서 벗었다. 알리스도 옷을 벗었다. 입안이 바짝 말랐다. 하지만 카미유 말대로 이렇게 하라고 누군가 강요한 건 아니었다. 두 아이는 일어섰다.

“그래, 잘 생각했어.” 햇볕에 얼굴이 새빨갛게 달궈진 학교생활 담당 선생님이 반색하며 말했다.

카미유와 알리스는 불타는 것처럼 뜨거운 모래 위를 나란히 걸었다. 걸었다기보다는 팔짝팔짝 뛰었다. 그 모습이 마치 팔짝팔짝 뛰는 요정들의 춤 같았다. 모래가 너무 뜨거워서 가만히 서 있으면 발바닥이 익어 버릴지도 모를 일이었다. 카미유와 알리스는 바다 바로 앞까지 가서 우뚝 섰다. 사람들의 눈길이 앞다투어 두 아이에게 달려들더니 서로 엉겨 붙어 이상한 벽을 만들었다. 하지만 카미유와 알리스는 모른 척하기로 했다. 둘은 숨을 크게 들이마셨다.

"준비됐어?" 카미유가 물었다.

"준비됐어. 하지만 나는 얕은 곳에 있을 거야. 수영을 못하거든." 알리스가 대답했다.

알리스와 카미유는 파도가 들어오는 데까지 걸어갔다. 발가락이 물에 젖었다. 두 아이 앞에 나란히 그림자 두 개가 생겼다. 두 그림자는 하나도 닮지 않았다. 알리스는 수평선을 바라보며 비뇽 선생님이 한 말이 맞는다고 생각했다. 비뇽 선생님은 1월에 여느 아이들과는 다른 여자아이가 전학을 올 텐데, 그 일이 우리 반에게 행운을 가져다줄 것이라고 말했었다. 카미유는 행운이었다.

한편 카미유는 멀리 떠 있는 섬을 바라보며 엄마가 한 말이 맞는다고 생각하고 있었다. 1월에 전학 가기 싫다고 불평하는 카미유에게 엄마는 낯선 도시, 낯선 학교가 모험을 약속한다고 말했었다. 전학 온 것은 행운이었다.

물이 장딴지 중간까지 올라와서 부드럽게 찰랑거렸다. 카미유와 알리스는 자외선 차단 크림을 바르지 않았다. 둘의 피부는 엉덩이만큼이나 하얬다.

“우리 완전히 타겠다, 알리스.”

“살갗이 바나나처럼 벗겨지게 될 걸.”

카미유와 알리스가 마주 보고 웃었다. 작가인 나는 마침표를 찍기 바로 직전까지 둘이 햇빛 가득한 해변에 서 있도록 내버려 두었다.

밀로의 비너스가 전학 왔다!

글쓴이 | 발랑틴 고비　옮긴이 | 김현아
펴낸이 | 곽미순　책임편집 | 윤도경　디자인 | 김민서
펴낸곳 | ㈜도서출판 한울림　기획 | 이미혜　편집 | 윤도경 윤소라 이은파 박미화 김주연
디자인 | 김민서 이순영　마케팅 | 공태훈 윤재영　경영지원 | 김영석
등록 | 2008년 2월 13일(제2021-000316호)
주소 | 서울특별시 마포구 희우정로16길 21
대표전화 | 02-2635-1400　팩스 | 02-2635-1415
홈페이지 | www.inbumo.com　블로그 | blog.naver.com/hanulimkids
페이스북 | www.facebook.com/hanulim
인스타그램 | www.instagram.com/hanulimkids

첫판 1쇄 펴낸날 | 2022년 2월 15일
ISBN 979-11-91973-05-1 (43860)

* 한울림스페셜은 ㈜도서출판 한울림의 장애 관련 도서 브랜드입니다.
* 잘못 만들어진 책은 바꾸어 드립니다.